징구

옮긴이 이리나

외서 기획 및 전문 번역가.
옮긴 책으로는 《한 시간 사이에 일어난 일》, 《일중독자의 여행》, 《화이트 크리스마스 미스터리》, 《미스터리 서점의 크리스마스 이야기》, 《루시 핌의 선택》, 《줄 살인 사건》 등이 있다.

징구 / 로마의 열병 / 다른 두 사람 / 에이프릴 샤워

1판 1쇄 인쇄 2019년 6월 20일
1판 1쇄 발행 2019년 7월 1일

지은이 이디스 워튼
옮긴이 이리나
펴낸이 김현정
펴낸곳 책읽는고양이 / 도서출판리수

등록 제4-389호(2000년 1월 13일)
주소 서울시 성동구 행당로 76 110호
전화 2299-3703
팩스 2282-3152
홈페이지 www.risu.co.kr
이메일 risubook@hanmail.net

ⓒ 2019, 도서출판리수
ISBN 979-11-86274-47-7 03840

※책값은 뒤표지에 있습니다.
※잘못 제본된 책은 바꾸어 드립니다.
※이 도서의 국립중앙도서관 출판시도서목록(CIP)은 서지정보유통지원시스템 홈페이지
(http://seoji.nl.go.kr)와 국가자료공동목록시스템(http://www.nl.go.kr/kolisnet)에서
이용하실 수 있습니다. (CIP제어번호 : CIP2019021693)

Edith Wharton
Xingu

징구

로마의 열병
다른 두 사람
에이프릴 샤워

얼리퍼플오키드 02

**풀리처상 최초의 여성 수상자
이디스 워튼 단편집**
이리나 옮김

책읽는고양이

차례

징구

1

밸린저 부인은 혼자 뭘 하는 게 두려워 문화 생활도 여러 사람과 함께 하기를 좋아했다. 그래서 자기처럼 끊임없이 배움을 갈망하는 여성 몇 명을 모아 '런치클럽'을 만들었다. 3, 4년 정도 함께 모여 점심을 먹고 토론하다 보니 런치클럽은 지역에서 독보적인 위치에 올랐고 저명한 외부 인사를 초대해 접대하는 일까지 겸하게 되었다. 어느덧 소문이 퍼져 '오즈릭 데인'에게 닿았고, 드디어 당대 유명 작가인 데인 부인이 클럽의 초대로 다음 모임 날짜에 맞춰 힐브리지에 오기로 했다.

모임은 밸린저 부인 집에서 하기로 정해졌다. 회원들은 밸린저 부인이 플린스 부인에게 이 일을 양보할 생각이라곤 전혀 없을 거라고 뒤에서 쑥덕거렸다. 플린스 부인의 집이 유명 인사를 접대하기엔 더 좋은 조건이었고, 레버렛 부인이 알아본 바에 따르면 그 집에는 언제든 전시가 가능한 멋진 화랑도 있었다.

플린스 부인은 런치클럽에 초대되는 귀빈들을 제대로 접대하는 것이 자신의 의무라고 여겨, 주저하지 않고 의견을 내었다. 그녀는 화랑만큼이나 자신의 의무에도 자부심이 대단했다. 그래서 하나를 보면 열을 안다고, 자신이 세워둔 높은 부의 기준에 맞는 사람은 자신밖에 없다는 것을 은근히 암시하고 싶어했다. 그녀는 소박하게 사는 사람들이란 그저 여러 목적에 부합하는 전반적인 일에 역할을 하면 된다고 여겼다. 자신은 행사를 담당할 하인도 있으니 자기가 특별 회원으로서 얼마든지 회장인 밸린저 부인의 책임을 떠맡아야 한다고 생각했다. 그런데도 고작 식사 시중드는 하녀 두 명밖에 없는 밸린저 부인이 오즈릭 데인을 반드시 자기 집에서 접대해야 한다고 완강하게 고집하는 게 플린스 부인으로서는 몹시 불만이었다.

지난 한 달 동안 런치클럽은 오즈릭을 영접하는 문제로 들끓었다. 회원들은 그것을 부담이 아닌 기능 좋은 옷장을 바꿀 때 갖게 되는 기분 좋은 불확실성의 기회로 여겼다. 레버렛 부인 같은 소극적인 회원도 《죽음의 날개》를 쓴 작가와 의견을 교환한다는 생각에 가슴이 두근거릴 판이니, 플린스 부인과 밸린저 부인, 밴 블레이크 양은 말할 것도 없었다. 사실 지난 모임에서 이미 밴 블레이크 양의 추천으로 《죽음의 날개》가 토론의 주제로 선정되었고, 각자 자신의 의견을 자유롭게 말하거나 다른 사람들의 견해에 잘 섞일 만한 거면 뭐든지 제안하기로 했다.

그 좋은 기회를 마음껏 누리지 못한 사람은 로비 부인뿐이었는데, 사실 그녀는 런치클럽 회원들로부터 제대로 인정받지 못하는 분위기였다. 밴 블레이크 양은 그게 다 '남자의 평가를 믿고 여자를 받아들인 결과'라고 했다. 어딘지 기억도 잘 나지 않는 먼 이국에서 오랫동안 생활하다 막 힐브리지로 돌아온 로비 부인을 여태 만난 사람 중에 가장 호감 가는 여성이라 칭찬하며 추천했던 사람은 저명한 생물학자 로랜드 교수였다. 회원들은 학식 있는 교수의 찬사에 감동했다. 그런데 로비 부인이 밴 블레이크 양의 집에서 아무 생각 없이 처음 내뱉은 말은 이것이었다. "전 음보(音步, 시에 있어서 운율을 이루는 기본 단위—역주)에 관해서는 잘 몰라요." 이렇게 자신의 무지함을 만천하에 드러낸 후 로비 부인은 클럽의 기본 학습 시간에 웬만하면 참석하지 않았다.

"아마 로비 부인이 교수님한테 알랑거렸을 거예요. 아니면 헤어 스타일이 교수님 눈에 인상적이었든가." 밴 블레이크 양의 결론이었다.

밴 블레이크 양 집의 다이닝룸은 여섯 명이 앉으면 꽉 차는 공간이라 한 사람이라도 소극적인 태도를 보이면 금방 표시가 났기에, 회원들은 이미 로비 부인이 다른 사람들의 풍부한 지식에 묻어가고 있다고 느끼기 시작했다. 안 그래도 마음에 들지 않는데 한술 더 떠 로비 부인은 《죽음의 날개》를 읽지 않았다고 말했다. 물론 오즈릭 데인이라는 이름은 들어봤지만, 어이없게도 그 유명한 소설가에 관해 아는 건 그게 다였다. 부인들은 경악을 금치 못했다. 그러나 클럽에 자부심이 강한 밸린저 부인은 비록 시간이 없어 《죽음의 날개》는 읽지 못했더라도 그 작품만큼 훌륭한 전작인 《최고의 순간》 정도는 알아야 한다고 넌지시 말함으로써 가능하면 좋은 방향으로 인도하려 했다.

로비 부인은 미간을 찡그려가며 열심히 기억을 더듬은 끝에 그 책을 브라질 오빠네 집에서 봤고 심지어 뱃놀이 할 때 읽으려고 가져가기까지 했다는 사실을 기억해냈다. 그런데 사람들이 배로 물건을 옮기는 과정에서 책을 '팔매쳐서' 물에 떨어뜨리는 바람에 결국 읽을 기회가….

클럽 회원들은 이 일화를 전해 듣고도 로비 부인을 전혀 신뢰할 수 없었다. 모두 기가 막혀 할 말을 잃었고 한참 만에 플린스 부인이 입을 열었다.

"다른 일이 많아서 책 읽을 시간이 많지 않단 건 이해해요. 하지만 오즈릭 데인이 도착하기 전에 적어도 《죽음의 날개》는 준비할 줄 알았어요."

로비 부인은 이런 힐책을 대수롭지 않게 받아들였다. 책을 갖고 있고 훑어도 볼 생각이었지만 트롤로프의 소설에 푹 빠져서….

"요새 트롤로프 읽는 사람도 있어요?" 밸린저 부인이 끼어들었다.

로비 부인은 난감한 표정으로 실토했다. "전 이제 겨

우 읽기 시작했는걸요."

"그래, 재미는 있어요?" 플린스 부인이 따져 물었다.

"네, 아주 재밌어요."

"전 재미 위주로 책을 고르지 않아요." 플린스 부인이 말했다.

"맞아요. 《죽음의 날개》가 확실히 재미는 없죠." 레버렛 부인이 조심스럽게 말했다. 그녀가 의견을 제시하는 방식은 싹싹한 세일즈맨이 처음 골라준 물건을 손님이 마음에 들어 하지 않으면 얼른 다른 물건을 들이대는 것과 비슷했다.

"그래요?" 자신이 아니면 대답할 사람이 없을 것 같은 질문을 던지기 좋아하는 플린스 부인이 되물었다. "꼭 그렇진 않잖아요."

"꼭 그렇지는 않죠, 맞아요. 제가 하려던 말이 바로 그거예요." 레버렛 부인이 좀 전의 의견을 거두고 다른 쪽으로 방향을 틀었다. "뭔가를 얻었다는 느낌은 들게… 하죠."

밴 블레이크 양이 못마땅한 듯 안경을 고쳐 쓰며 끼어들었다. "글쎄요, 가르침이 얼마나 크든 간에 쓰디쓴 비관주의에 빠진 책을 보고 뭔갈 얻는다고 말할 수 있을까요?"

"물론 제 말은 가르침이 있어야 한다는 말…" 레버렛 부인은 비슷해 보이는 두 용어를 어떻게 구별해야 할지 몰라 허둥댔다. 그녀의 런치클럽 사랑은 종종 이런 식으로 얼룩졌다. 자신이 다른 회원들의 지적 우월감을 채워주는 역할을 하는 줄도 모르고 가끔은 토론에 참여하는 것이 자신에게 의미가 있을까 고민스러워했다. 사실 희망 없는 열등감에서 그녀를 구해주는 사람은 언니를 똑똑하다고 믿는 아둔한 동생뿐이었다.

"끝에 가서 결혼하나요?" 로비 부인이 끼어들었다.

"누구요?" 회원들이 입을 모아 소리쳤다.

"음, 여자하고 남자 말이에요. 소설이잖아요, 아닌가요? 저는 항상 그게 제일 신경쓰이던데. 끝에 가서 주인공들이 헤어지면 저녁 먹기도 싫더라고요."

플린스 부인과 밸린저 부인이 어이없어 하며 눈빛을 교환한 후 밸린저 부인이 말했다. "《죽음의 날개》를 그런 식으로 읽어서는 안 될 텐데요. 그리고 읽어야 할 책이 산더미인데, 단지 재밌다는 이유로 책을 골라 읽는 게 저로서는 이해가 안 되네요."

로라 글라이드가 중얼거렸다. "《죽음의 날개》의 매력

은 바로 이거죠. 결말이 뭔지 아무도 확실하게 말할 수 없다는 점. 오즈릭 데인은 자신이 뜻하는 바가 큰데도 그걸 다 글로 표현하지 않고 친절하게 아펠레스로 가려놓았어요. 이피게니아의 희생은 아가멤논의 얼굴로 덮었구요."

"그거 뭐예요? 시집인가요?" 레버렛 부인이 플린스 부인에게 속삭였지만 플린스 부인은 확답을 피하고 쌀쌀맞게 말했다. "찾아보세요. 찾아 버릇하라고 제가 몇 번을 말해요." 그러고는 한마디 덧붙였다. "저야 뭐 수월하게 하인한테 시키겠지만요."

밴 블레이크 양이 다시 좀 전에 하던 얘기로 돌아갔다. "저는 책에서 독자가 뭔가를 얻을 수 없다면 질문은 계속되어야 한다고 말하려던 참이었어요."

"아." 레버렛 부인이 중얼거렸다. 이제는 갈팡질팡하는 느낌이었다.

"전 모르겠어요."라고 말하는 밴 블레이크 양의 말투에서 오즈릭 데인을 기쁘게 해주고 싶은 갈망을 평가절하하려는 경향을 느끼고 밸린저 부인이 말했다. "책 좀 읽는다 하는 사람들 사이에서 《로버트 엘스미어》(1888년 험프리 워드 부인이 써서 공전의 히트를 기록한 소설─역주) 이후의 어떤 소설보다 더 많은 관심을 불러일으킨 책에 그런 문제를 제기해도 될지….”

“아, 하지만 그건 어때요?” 로라 글라이드 양이 목청을 높였다. “그 책을 그렇게 대단한 예술적 작품이 되게 만드는 건 암울한 절망뿐이잖아요. 검정에 검정을 칠하는 식으로요. 그걸 읽으면서 저는 프린스 루퍼트의 《매니에르 느와르》가 생각났어요. 그 책은 붓으로 그렸다기보다 칼로 아로새긴 느낌이거든요. 그런데 사람들은 색의 가치를 그렇게도 심도 있게….”

“그 남자 누구예요?” 레버렛 부인이 또 뜬금없이 옆 사람에게 귀엣말을 했다. “여자가 외국에서 만난 사람 말이에요.”

“《죽음의 날개》의 장점은 독자마다 정말 다양한 관점을 가질 수 있다는 거예요.” 밸린저 부인이 수긍하며 말했다. “제가 듣기로 이 점은 결정론 연구가 럽턴 교수의 《윤리의 자료학》과 견줄 만하다고….”

“전 오즈릭 데인이 그 소설을 쓰기 전에 십 년에 걸쳐 예비 조사를 했다는 얘기를 들었어요. 모든 걸 찾아보고 확인했대요. 아시다시피 제 원칙도 그거잖아요. 원하는 만큼 얼마든지 책을 살 수 있다는 이유로 책 한 권을 다 끝내기도 전에 다른 책을 집어 들진 않죠.” 플린스 부인이 말했다.

"그러니까《죽음의 날개》의 내용은 도대체 뭐란 말이에요?" 느닷없이 로비 부인이 질문을 던졌다.

이거야 말로 말도 안 되는 질문이어서 회원들은 관여하지 않으려는 듯 서로를 쳐다만 보았다. 다들 아는 것처럼 플린스 부인은 책이 어떻더냐고 가볍게 물어보는 질문을 세상에서 제일 싫어했다. 책은 읽으라고 있는 것이다. 그냥 읽으면 될 일이었다. 부인에게는 책 내용에 관해 자세히 묻는 것이야말로 몸에 뭘 숨기지 않았는지 불시에 수색당하는 것만큼이나 격분할 일이었다. 클럽 회원들은 플린스 부인의 이런 별난 면을 존중해주었다. 부인의 주관은 인상적이고 탄탄했다. 자기 집처럼 부인의 내면도 다른 사람들이 감히 어지럽힐 수 없는 엄청난 '것들'로 구비되어 있어서, 부인의 관심 분야 내에서는 그녀만의 사고방식이 존중되어야 한다는 것이 클럽 내의 암묵적인 약속이었다. 그러므로 이 모임을 계기로 회원들은 로비 부인이 그들과 함께하기엔 턱없이 자격 미달이라는 생각을 어느 때보다 더 절실히 하게 되었다.

2

오즈릭 데인이 오기로 한 날, 레버렛 부인은 《적절한 암시》를 주머니에 넣고 일찌감치 밸린저 부인의 집에 도착했다.

레버렛 부인은 런치클럽에 늦는 것을 싫어했다. 미리 와서 자료도 살피고 다른 사람들이 모여듦에 따라 대화가 어떤 순서로 돌아갈지 힌트를 얻고 싶어했다. 그러나 오늘은 완전히 제정신이 아니었다. 자리에 앉을 때 주머니에 《적절한 암시》가 있는 걸 확인됐는데도 전혀 안심이 되지 않았다. 《적절한 암시》는 사교계에서 일어나는 모든 비상 상황에 대처할 수 있도록 만들어진 작고 유용한 책이었다. 즉, (굳이 분류해서) 기쁜 일이든 슬픈 일이든, 사교계가 주관했든 공기관이 주최했든, 영국 국교회의 세례식이든 다른 종파의 것이든 상관없이 참고하고 싶은 부분이 있을 때마다 그 책을 뒤적이면 해결이 되는 편이었다. 부인은 수년 동안 그 책에 의지해왔지만, 실제로 그것의 가치는 실용적인 쓰임보다 가지고 있는 것만으로도 든든해지는 정신적 지원에 있었다. 왜냐하면 보통 방에서 혼자 뒤적일 때는 괜찮은 인용문이 잘 나타났지만 중요한 순간에는 부인의 기대가 채워지지 않았던 것이다. 지금도 부인이 괜찮을 듯해서 찾아둔 유일한 구절 "네가 낚시로 리워야단을 끌어낼 수 있겠느냐(욥기 41장 1절―역주, 리워야단은 물고기 이름.)"는 어떤 상황에 써먹어야 할지 결정도 못한 상태였다.

미리 그 책을 샅샅이 살폈는데도 레버렛 부인은 불안하기만 했다. 설사 대화 중에 기적적으로 '암시'에서 본 내용이 기억난다 해도 오즈릭 데인이 회원들이 정한 책 외의 다른 책에 관해 얘기할지도 모르고, 그러면 결과적으로 미리 준비한 건 허사가 되기 쉬웠다.

밸린저 부인의 응접실을 보고 레버렛 부인의 혼란은 한층 심해졌다. 대충 보면 전혀 눈에 띄지 않겠지만 밸린저 부인이 책을 정돈하는 방식에 익숙한 사람에게는 최근에 생긴 변화가 뚜렷이 감지되었다. 런치클럽 회원으로서 밸린저 부인이 특별히 애착을 가지는 분야는 '오늘의 책'이었다. 소설에서부터 실험심리학에 관한 논문에 이르기까지, 그게 무엇이든 부인은 확신에 찬 당당한 태도로 '오늘의 책'을 선정했다. 작년에 나온 책이든 지난 주에 나온 책이든 부인이 '주제'로 선정한 책은 똑같은 무게로 다뤄졌다. 이는 클럽에서 불문율과도 같았다. 밸런저 부인의 머릿속에는 수시로 자료들이 들고 났다. 현재 대세인 사상을 뒤떨어지지 않게 잘 따라가는 것이 밸런저 부인의 자랑거리라면, 이런 고급스러운 지적 상태가 테이블 위에 놓인 책으로 표현되는 것은 그녀의 자부심이었다. 이 책들은 자주 교체되었고 대체로 낯선 것들이어서 레버렛 부인은 낙담한 심정으로 밸런저 부인의 새로운 관심 분야를 숨가쁘게 겨우 쫓아가는 형편이었다. 그러나 오늘은 원숙한 경지에 이른 고전들과 신작들이 영리하게 섞여 있었다. 칼 마르크스와 베르그송(프랑스의 철학자—역주)이 어깨를 나란히 하고,《아우구스티누스의 고백론》이 '멘델의 유전학' 최신 연구 옆에 놓여 있었다. 오즈릭 데인이 무엇에 관해 이야기할지 밸런저 부인도 전혀 예측하지 못해서 어떤 주제가 나오든 대처하려고 만전을 기했음이 레버렛 부인의 눈에도 훤히 보였다. 이제 레버렛 부인은 당장은 위험하지 않지만 만약을 위해 구명조끼를 입는 게 좋겠다는 경고를 받은 외항선의 승객이 된 기분이었다.

마침 밴 블레이크 양이 도착하는 바람에 이런 공포감에서 벗어날 수 있었다.

"저, 오늘 우리가 토론할 주제는 뭔가요?" 밴 블레이크 양이 회장에게 활기차게 물었다.

밸린저 부인은 워즈워스(1770~1850, 영국의 낭만주의 시인—역주)의 책을 베를렌(1844~96, 프랑스의 서정적인 상징파 시인—역주)의 것으로 은근슬쩍 바꿔 꽂고 있었다. "글쎄요." 부인이 다소 불안한 듯 대답했다. "상황에 맡겨야 할 것 같아요."

"상황이요?" 밴 블레이크 양이 무심하게 말했다. "그럼 로라 글라이드가 보통 때처럼 발언권을 가지고, 우리는 열나게 문학 얘기를 하게 될 수도 있다는 뜻인가요?"

밴 블레이크 양은 자선 활동과 통계학에 관심이 많았고, 손님이 자기의 전문 분야에는 관심도 보이지 않게 될 것 같아 불안했다.

이때 플린스 부인이 모습을 드러냈다.

"문학 일반에 대해 얘기한다고요?" 부인이 항의하는 투로 말했다. "이거 뜻밖이네요. 전 오즈릭 데인의 소설에 관해 토론할 줄 알았거든요."

밸린저 부인이 그 말에 움찔했지만 아무 일 없듯 지나

20

갔다. "그걸 메인 주제로 삼을 수야 없지요. 적어도 너무 의도적이어 보이게는 하지 말아야 하잖아요. 물론 결국은 오즈릭 데인의 책 얘기를 하겠지만 처음에는 다른 주제를 가지고 시간을 보내야죠. 안 그래도 그걸 물어보고 싶었어요. 사실 우리가 오즈릭 데인의 취향이나 관심사를 몰라서 딱히 뭘 준비하기가 어렵잖아요."

플린스 부인이 힘주어 말했다. "어렵겠지만 필요하죠. 어떻게든 되겠지 하고 지나가면 일이 어그러지기 쉬워요. 며칠 전에 제 조카한테도 얘기했지만 여자는 언제라도 특별한 상황에 대비를 해야 해요. 문상 가게 됐는데 색깔 있는 옷을 입었다거나 뜻하지 않은 곳에서 친구의 남편을 만났는데 작년에 입었던 것과 똑같은 드레스를 걸치고 있으면 충격이죠. 대화도 마찬가지예요. 어떤 주제가 등장할지 미리 알아야 제대로 된 얘기를 할 수 있어요."

"전적으로 동의합니다만…" 밸린저 부인이 쉽사리 말을 맺지 못했다.

바로 그 순간, 잔뜩 기대에 부푼 하녀의 안내를 받으며 오즈릭 데인이 문간에 모습을 드러냈다.

나중에 레버렛 부인이 자기 여동생에게 얘기하기를,

부인은 바로 그 순간 앞으로 어떤 일이 닥칠지 한눈에 알아보았다고 했다. 오즈릭 데인은 그들과 절대 타협할 스타일이 아니더라고. 그 유명 인사는 잘 보이고 싶은 계산이라곤 전혀 없이 어딘가에 끌려오듯 안으로 들어섰다. 흡사 새로 나온 책 홍보를 위해 억지로 사진 찍히러 온 사람 같았다.

일반적으로 신을 달래려는 욕망은 신의 반응에 반비례하기 마련이라 오즈릭 데인의 등장으로 인해 생긴 실망감은 작가를 기쁘게 하려는 클럽 회원들의 열의에 불을 지폈다. 오즈릭 데인도 회원들을 잘 대해야 할 의무가 있다고 생각은 했겠지만 태도는 전혀 그렇지 않았다. 이번에도 레버렛 부인이 동생에게 말한 바에 따르면, 오즈릭 데인은 사람을 볼 때 상대가 자기 모자에 뭐 이상한 흠이라도 있는지 안절부절 못하게 만드는 재주가 있다고 했다. 이런 태도에 부인들이 기막혀 하던 차, 밸린저 부인이 그 대단한 인사를 다이닝룸으로 안내하는 사이 그새 대열에 합류한 로비 부인이 뒤로 고개를 돌려 "저분 왜 저렇게 뻣뻣해요?"라고 속삭이자 다른 부인들은 하나같이 존경심에 몸을 떨었다.

테이블에 앉은 다음에도 분위기는 별로 바뀌지 않았

다. 오즈릭 데인은 밸린저 부인이 대접한 음식을 조용히 삼켰고 나머지 사람들도 연이어 나오는 메뉴를 형식적으로 집어먹어가며 진부한 얘기만 내뱉었다.

본격적인 토론을 위해 응접실에 돌아와서도 밸린저 부인이 주제를 정하지 못하고 우물쭈물하자 회원들의 정신적인 혼란은 가중되었다. 회원들은 서로 다른 사람이 말하기를 기다렸다. 그러다 밸린저 부인이 "힐브리지는 처음 방문하신 건가요?"라는 뻔하디뻔한 질문으로 대화를 시작하자 모두 실망을 금치 못했다.

레버렛 부인조차도 시작이 이래선 안 된다고 자각했고, 글라이드 양은 은근히 책망하는 말투로 끼어들었다. "정말 작은 마을이죠."

이번에는 플린스 부인이 자기 순서인 양 치고 들어왔다. "그래도 대표되는 인물은 정말 많답니다."

오즈릭 데인이 플린스 부인 쪽으로 고개를 돌리며 물었다. "어떤 걸 대표하나요?"

플린스 부인은 체질적으로 질문 받는 것을 싫어했는데, 준비가 되어 있지 않는 상황에서는 정도가 더 심했다. 그래서 밸린저 부인이 답해주기를 원하며 원망의 눈길을 보냈다.

"음…." 밸린저 부인이 다른 회원들을 차례대로 힐끗거리며 말했다. "클럽 구성원으로서 우리가 문화를 대표한다고 해도 지나친 말은 아닐 거예요."

"예술도…." 글라이드 양이 끼어들었다.

"예술과 문학을 대표하죠." 밸린저 부인이 고쳐 말했다.

"사회학도 포함해야겠죠." 밴 블레이크 양이 잽싸게 거들었다.

"우린 기준을 갖췄어요." 플린스 부인은 어쨌든 개괄적으로 말해야 안전할 것 같았다. 그러자 그렇게 막연하게 말하면 여러 가지를 포함할 여지가 있겠다고 생각한 레버렛 부인이 용기를 내어 중얼거렸다. "그렇고 말고요. 기준이 있죠."

"우리 클럽의 목적은 지적인 노력을 한데 모아 힐브리지를 최고로 격조 있게 만드는 겁니다." 회장인 밸린저 부인이 말했다.

이 말에 여인들은 너무 기쁜 나머지 그들이 쉬는 안도의 한숨이 밖으로 들릴 것만 같았다.

밸린저 부인이 계속 말을 이어갔다. "우리는 예술, 문학, 윤리 분야에서 수준 있는 것이라면 뭐든 다루려 한답니다."

오즈릭 데인이 이번에도 밸린저 부인을 돌아보며 물었다. "윤리라면?"

불안한 기운이 방을 꽉 메웠다. 도덕에 관한 질문에 의견을 말할 준비가 된 사람은 아무도 없었지만, 윤리라면 이야기가 달랐다. 《브리태니커 백과사전》이나 《독자 안내서》, 스미스의 《고전 사전》에 갓 나온 거라면 어떤 주제도 자신 있게 다룰 수 있었다. 그러나 유명한 조직학자인 프로드 교수와 초기 교회의 이단적 행위 같은 불가지론을 느닷없이 정의하려면 미리 준비가 필요했고, 레버렛 부인 같은 비주류 멤버들은 아직도 윤리학을 약간 사이비로 여기기도 했다.

밸린저 부인마저도 오즈릭 데인의 질문에 당황스러웠던지라 로라 글라이드가 몸을 앞으로 내밀며 아주 호의적인 말투로 다음과 같이 말하자 모두들 내심 고마워 어찌할 바를 몰랐다. "데인 부인, 죄송하지만 저희들이 지금 당장은 《죽음의 날개》 외의 다른 것에 관해서는 얘기할 준비가 되어 있지 않습니다."

"맞아요." 밴 블레이크 양이 적의 진지로 옮겨 전쟁을 치르기로 마음먹은 장수처럼 말했다. "저희는 작가님이 어떤 의도로 그 멋진 책을 쓰셨는지 정말 궁금해요."

"얘기해보시면 우리가 책을 수박 겉핥기식으로 읽지는 않는다고 느끼실 거예요." 플린스 부인이 덧붙였다.

밴 블레이크 양이 하던 말을 계속했다. "저희는 알고 싶어요. 그 책의 비관적인 경향이 부인의 신념을 표현한 것인지…."

"아니면 인물들을 더 뚜렷이 부각하기 위해서 침울한 배경이 덧칠된 건지 알고 싶습니다. 원래 가짜를 만들어 내는 편은 아니지 않습니까." 글라이드 양이 거들었다.

"전 늘 작가님이 객관적인 방식을 드러낸다고 생각해 왔어요." 이번에는 밸린저 부인이었다.

오즈릭 데인이 심각한 표정으로 커피를 마시다가 마침내 질문했다. "객관적이란 걸 어떻게 규정하죠?"

로라 글라이드가 잠시 불편한 듯 생각에 잠겨 있더니 곧 힘주어 더듬더듬 말을 뱉었다. "작가님의 책을 읽을 때는 규정하기보다 느끼죠."

오즈릭 데인이 빙그레 미소 지으며 말했다. "소뇌는 어쩌다 문학적 정서가 가서 박히는 곳이 아닙니다." 그러고는 두 개째 각설탕을 집어 들었다.

오즈릭 데인은 일침을 가하는 대신 이런 전문적인 용

어를 씀으로써 은근히 만족하는 것 같았다.

"아, 소뇌." 밴 블레이크 양이 흐뭇한 표정을 지었다. "지난 겨울에 우리 클럽에서도 심리학에 관해 토론을 한 적이 있습니다."

"어떤 심리학이었나요?" 오즈릭 데인이 말했다.

고통스러운 침묵이 흘렀고, 각 멤버들은 다른 사람들도 딱히 좋은 대답을 찾지 못하고 있음을 깨닫고 안타까워했다. 로비 부인만이 샤르트뢰즈(브랜디와 약초를 섞어 만든 연녹색 또는 황색의 술—역주)를 태연자약하게 홀짝거렸다. 급기야 밸린저 부인이 애써 과장된 어조로 말했다. "음, 그러니까… 우리가 심리학을 공부한 건 작년이고, 올해 우리가 매진한 건…"

밸린저 부인이 말을 질질 끌며 클럽에서 토론한 것들을 기억해내려고 안간힘을 썼다. 다른 사람들은 오즈릭 데인이 빤히 쳐다보는 바람에 머리가 얼어붙어 아무 생각도 나지 않았다. "음, 우리 클럽에서 중점적으로 다룬 것은…" 밸린저 부인이 시간을 벌 요량으로 천천히 했던 말을 되풀이했다. "우리가 중요하게 생각하고 진행한 건…"

로비 부인이 음료 잔을 내려놓고 미소 띤 얼굴로 멤버

들 가까이 얼굴을 들이밀었다.

"징구 아니에요?" 부인이 부드럽게 말했다.

순간 다른 멤버들은 전율을 느꼈다. 잠시 어안이 벙벙한 표정을 교환했고, 그러다 일제히 안도하면서도 그들의 구세주에게 의문의 눈길을 보냈다. 모두 표정은 같았지만 각자 다른 감정의 단계를 거치고 있었다. 맨 먼저 안심하는 빛을 띤 사람은 플린스 부인이었다. 급하게 적응을 마친 부인은 그 말을 한 당사자가 마치 자신이기라도 한 것 같은 표정이었다.

"맞아, 징구!" 밸린저 부인이 언제나처럼 즉각적으로 반응했다. 반면 밴 블레이크 양과 로라 글라이드는 기억을 되짚는 것 같았고, 레버렛 부인은 《적절한 암시》를 적절히 활용하지 못해 안타까웠지만 어쨌든 마음은 놓였다.

오즈릭 데인 역시 클럽 회원들 못지않게 표정이 급격하게 변했다. 분명 짜증스러운 표정으로 커피 잔을 내려놓았다. 뒤가 켕겨 보이기도 했다. 순간적으로 당황한 모습을 숨기기도 전에 로비 부인이 정중한 태도로 오즈릭 데인을 쳐다보며 말했다. "오늘 우리는, 작가님이 그것을 어떻게 생각하는지 말씀해주시기를 기대하고 있었어요."

　당당한 태도로 미소를 받아내던 오즈릭 데인은 뒤따르는 제안에 당황했는지 표정 관리를 제대로 하지 못했다. 마치 오랫동안 도전 따윈 받지 않아 얼굴 근육에 거만함이 견고하게 자리잡아 풀고 싶어도 못 푸는 것 같기도 했다.

　"징구…." 이번에는 오즈릭 데인이 시간을 벌어보려는지 말을 끌었다.

　로비 부인이 계속 오즈릭 데인을 압박했다. "부인도 그 주제가 얼마나 매력적인지 아시니까 그때 우리가 다른 건 안중에도 없었단 걸 이해하실 거예요. 징구 얘기가 나왔으니, 작가님의 책 얘기가 아니면 다른 주제는 꺼내지 않아도 되겠군요."

　오즈릭 데인의 근엄한 얼굴이 환해지기는커녕 한층 어두워졌다. "한 가지 예외도 필요없죠 뭐." 오즈릭 데인이 입도 크게 벌리지 않고 한 말이었다.

　"아, 물론이죠. 작가님도 그런 뜻을 넌지시 내비치셨으니 이 자리에서 꼭 본인의 책 얘기를 하실 필요는 없어요. 저희는 징구에 관한 의견만 말씀해주셔도 정말 괜찮습니다." 로비 부인이 사람 좋게 말하더니 보다 설득력 있게 미소까지 지어 보였다. "특히 작가님의 작품 중에 그것과 관계있는 것도 있다고 들었거든요."

그거였다. 이제 속이 바삭바삭 타들어가던 회원들의 마음에 확신이 들불처럼 일었다. 그들은 징구가 뭔지 조금이라도 알게 되기를 열망한 나머지 오즈릭 데인이 곤란한 상황에 처했다는 것을 눈치채지 못하고 있었다.

오즈릭 데인은 상대의 도전에 초조해하며 얼굴을 붉혔다. 그러고는 더듬거리며 말했다. "저 혹시 제 책 어떤 걸 말씀하시는지 여쭤봐도 될까요?"

로비 부인은 조금도 머뭇거리지 않았다. "저도 막 물어보고 싶었어요. 그 자리에 있었지만 전 딴전을 피우고 있었던지라…."

"어디에 계셨단 말인가요?" 오즈릭 데인이 치고 들어오자 런치클럽 회원들은 그들을 구원해준 우승자가 다시 수세에 몰린다고 생각했다. 그러나 로비 부인은 밝은 얼굴로 말했다. "어디긴요, 모임 할 때죠. 자, 우린 부인이 어떻게 처음 징구를 알게 됐는지 알고 싶어 죽겠어요."

불길한 정적이 흘렀다. 침묵이 워낙 무겁고 위험해서 회원들은 서로의 입에서 어떤 말이 흘러나올지 초조하게 지켜보았다. 장수들 사이에서 벌어지는 일생일대의 전투를 맥 놓고 지켜보는 병사들 같았다. 그때 오즈릭 데인이 두려움에 떨고 있는 사람들을 향해 불쑥 말을 뱉었다. "아, 그 징구 말이군요, 그렇죠?

로비 부인이 대담하게 미소 지었다. "아, 제가 제대로 설명을 못해서 이해를 못 하셨군요, 제가 좀 그런 경향이 있어요. 그나저나 다른 멤버들은 징구로 토론할 생각이 있는지 모르겠네요."

회원들은 기꺼이 이 주제로 자신들의 의견을 낼 생각이 있어 보였고, 로비 부인은 밝은 표정으로 좌중을 둘러본 후에 말을 이었다. "다른 분들도 그것말고는, 그러니까 징구말고는 그리 중요한 게 없다고 생각하시는 것 같아요."

오즈릭 데인이 어떤 즉각적인 반응도 보이지 않자 밸린저 부인이 용기를 내어 말했다. "아마 모두 징구에 관해 같은 생각일 거예요."

플린스 부인이 낮게 중얼거리며 밸린저 부인에게 동의를 표했고, 로라 글라이드는 깊은 한숨을 내뱉었다. "전 그것 때문에 인생이 변한 경우를 많이 봤어요."

"제게도 정말 큰 도움이 됐어요." 레버렛 부인이 지난 겨울에 그것을 경험했거나 읽었는데 이제야 기억났다는 듯 끼어들었다.

"그렇군요." 로비 부인이 인정했다. "거기에 너무 많은 시간을 써야 하는 게 문제예요. 좀 길어야 말이죠."

"그런 데 들어가는 시간을 아까워해서는 안 되죠." 밴 블레이크 양이 말했다.

"군데군데 너무 깊이 들어가서 말이죠." 로비 부인이 거기에 관해 계속 말했다. (그렇다면 그것은 책인가!) "그렇다고 그냥 지나가버리기도 쉽지 않고요."

"전 절대 건너뛰지 않아요." 플린스 부인이 고집스럽게 말했다.

"아, 징구에서 그러면 위험하죠. 맨 앞에서도 건너뛰지는 못해요. 천천히 지나가야 해요."

"그걸 지나간다고 하기는 어렵죠." 밸린저 부인이 빈정대듯 말했다.

로비 부인이 밸린저 부인을 흥미롭게 바라보았다. "아, 부인은 항상 순조로웠나봐요?"

밸린저 부인이 주저하다가 곧 수긍했다. "물론 어려운 부분도 있죠."

"맞아요. 근원을 잘 알지 못하면 애를 먹는 곳도 있어요." 로비 부인이 덧붙였다.

"역시 부인도 그랬군요." 오즈릭 데인이 끼어들어 로비 부인에게 도전하듯 시선을 고정했다.

로비 부인이 강하게 시선을 받아쳤다. "아, 어떤 지점까지는 정말 전혀 어렵지 않아요. 몇몇 부분이 제대로 알려져 있지 않아서 근원에 가 닿기가 거의 불가능하지만요."

"시도해본 적 있어요?" 여전히 로비 부인의 빈틈없음을 못 미더워하며 플린스 부인이 물었다.

로비 부인이 잠시 말이 없다가 눈을 내리깔며 대답했다. "아뇨, 하지만 제 친구 하나가 시도한 적 있어요. 아주 똑똑한 사람인데 걔 말이 여자들은 도전하지 않는 게 좋다고…."

방 전체가 술렁거렸다. 레버렛 부인은 담배를 건네는 하녀가 못 듣게 하려고 기침을 했다. 밴 블레이크 양의 얼굴은 토할 것처럼 창백했고, 플린스 부인은 인정하기 싫은 누군가를 곁에 둔 사람처럼 못마땅한 표정이었다. 그러나 로비 부인의 말에 가장 확실하게 반응한 사람은 런치클럽에 초대된 저명한 인사였다. 오즈릭 데인의 차가운 얼굴이 별안간 인간적인 공감으로 따뜻하고 부드러워지더니 로비 부인 쪽으로 당겨 앉으며 물었다. "그 사람이 정말 그랬어요? 그리고 부인이 확인해보니 그 말이 맞았나요?"

밸린저 부인은 자신이 제공한 편의에 관한 감사나 칭찬은 오간 데 없고, 난데없이 로비 부인이 두각을 나타내며 이상한 방식으로 손님의 관심을 독점하는 것을 두고 볼 수 없었다. 오즈릭 데인이 자신감이 없어서 건방진 로비 부인에게 화낼 수 없다면 적어도 런치클럽의 대표 권한으로 자신이 그 일을 해야 하리라.

밸린저 부인이 로비 부인의 팔에 손을 얹고 억지로 쾌활한 척했다. "우리는 잊지 말아야 해요. 징구가 물론 흥미진진하기는 하지만, 그래도 다른 얘기를…."

"아, 아뇨, 전 그 반대예요." 오즈릭 데인이 끼어들었다.

"해도 좋잖아요." 밸린저 부인이 단호하게 하던 말을 끝냈다. "그리고 작가님께 오늘 우리 모두에게 훨씬 더 실재적인 주제에 관해 말씀하실 기회도 드리지 않고 이 모임을 끝낼 수는 없습니다. 그러니까 저는 《죽음의 날개》…."

정도는 다르지만 밸린저 부인과 같은 마음인데다 경외하는 손님의 인간적인 표정에 자심감이 생긴 다른 회원들도 회장의 말에 동의를 표했다. "그럼요, 작가님으로부터 책에 관한 얘기를 듣고 싶어요."

오즈릭 데인은 거만하지는 않지만, 앞서 자신의 작품이 언급되었을 때처럼 지루하다는 표정을 지었다. 그런데, 밸린저 부인의 요청에 오즈릭 데인이 답을 하기도 전에 로비 부인이 자리에서 일어나 그다지 높지도 않은 코위로 베일을 끌어내렸다.

로비 부인이 앞으로 몇 발자국 걸어가 밸린저 부인에게 손을 내밀며 말했다. "죄송하지만 작가님이 말씀하시기 전에 전 가봐야겠어요. 아시다시피 전 작가님의 책을 읽지 않아서 여기 있어봤자 별로 할 말이 없거든요. 브리지 게임 약속도 있고요."

로비 부인이 떠나려는 이유로 오즈릭 데인의 작품을 모른다는 점만 언급했다면 다른 멤버들도 로비 부인의 최근 실적으로 보아 탁월한 선택이라고 수긍했을 터였다. 그러나 브리지 게임을 하러 가야 한다는 뻔뻔한 핑계는 평소 로비 부인의 예의 없음을 다시금 확인시켜주는 것이었다.

한편으로는 이제 로비 부인이 베풀 수 있는 유일한 호의를 베풀고 나섰으니 이제야 품위 있고 질서정연한 토론이 가능하겠다고 다들 느끼고 있었다. 로비 부인으로 인해 발생한 자기 불신도 완화할 좋은 기회였다. 그래서 밸린저 부인은 아쉽다는 의례적인 말도 하지 않았고, 다른 회원들 역시 오즈릭 데인과 편안히 이야기를 나누기 위해 자리를 재배열하기 시작했다. 그때 놀랍게도 오즈릭 데인이 앉아 있던 소파에서 벌떡 일어났다.

"아, 잠깐, 잠깐만요. 저도 같이 가요!" 오즈릭 데인이 로비 부인을 불러 세우더니(철도 차장이 티켓에 구멍을 내듯) 당황한 회원들의 손을 기계적으로 잡았다 놓으며 서둘러 작별 인사를 했다.

"정말 죄송해요. 저도 선약이 있는 걸 잊고 있었어요." 오즈릭 데인이 말한 후, 그녀의 동참에 놀라 뒤를 돌아보는 로비 부인의 옆에 가서 섰고, 다른 부인들은 오즈릭 데인이 이렇게 얘기하는 소리를 치욕을 참아가며 들어야 했다. "같이 걸어가면서 징구에 관해 뭐 좀 물어보고 싶어서요…"

3

너무 순식간에 벌어진 일이라 두 사람이 나가고 문이
닫힌 후에야 회원들은 정신을 차렸다. 곧이어 오즈릭 데
인이 예의고 뭐고 없이 떠남으로써 그들에게 안긴 모욕
감과 아무것도 모른 채 사기를 당했다는 혼란스러운 감
정이 그들을 괴롭히기 시작했다.

잘난 손님이 제대로 눈길도 주지 않은 책들을 밸린저
부인이 정리하는 동안 아무도 말이 없었다. 그러다 밴 블
레이크 양이 툭 쏘아붙였다. "흠, 오즈릭 데인이 떠난 게
차라리 잘됐어요."

이 고백이 다른 회원들의 분노에 불을 지폈고, 레버렛
부인도 이때다 하고 소리쳤다. "그 여자 못되게 굴려고
일부러 온 것 같아요."

플린스 부인은 자기 집의 웅장한 응접실에서 손님을
맞았다면 오즈릭 데인의 태도가 달랐으리라 속으로 생각
했지만, 밸린저 부인에게 이의를 제기하기는 싫어서 그

저 미리 우기지 못한 자신의 잘못이라며 우회적인 만족 감에 사로잡혔다.

"처음부터 우리가 주제를 미리 준비해야 한다고 말했 잖아요. 준비가 제대로 안 되면 늘 이런 일이 생긴다니까요. 우리가 징구만 미리…."

플린스 부인이 눈치가 없다는 것은 회원 모두가 용인 하는 바이지만, 이번에는 밸린저 부인도 평정심을 유지 하기 어려웠다.

"징구!" 부인이 빈정댔다. "맙소사, 비록 우리도 준비 가 덜 됐지만, 오즈릭 데인이 화난 건 자기가 우리보다 그것에 관해 더 모른다는 사실 때문이었어요 그러고 보 면 사람은 다 똑같아요! 안 그래요?"

이 반박에는 플린스 부인도 감동을 받는 눈치였고, 로 라 글라이드는 그 와중에도 이런 관대한 생각을 해냈다. "맞아요. 우린 그 주제를 꺼낸 로비 부인한테 진짜 고마 워해야 해요. 그것 때문에 오즈릭 데인이 화가 났을지는 모르지만 적어도 겸손하게는 만들었잖아요."

"우리가 자기만큼 대단한 사람이 아니어도 최신 정보 와 폭넓은 교양을 가질 수 있단 걸 보여줘서 기뻐요."

이 말에 회원들 모두 만족스러워했고, 오즈릭 데인을

쩔쩔매게 만들었다는 기쁨에 그녀에 대한 분노는 어느새 까먹고 있었다.

밴 블레이크 양이 생각에 잠긴 채 안경테를 쓰다듬었다. "패니 로비가 징구를 그렇게 잘 안다는 게 전 놀라웠어요."

이 말에 모두 흥이 깨져버렸고, 밸린저 부인은 다소 너그럽게 말했다. "로비 부인이 항상 좀 멀리 나가는 경향이 있잖아요. 그렇지만 징구를 들어봤다고 하는 바람에 우리가 확실히 빚을 졌죠 뭐." 다들 이번만은 로비 부인에게 내릴 클럽의 조치를 무효화하는 게 좋겠다고 생각했다.

소심한 레버렛 부인마저 용기를 내 비꼬았다. "오즈릭 데인이 힐브리지에 와서 징구 수업을 들으리라고 상상이나 했을까요?"

밸린저 부인이 빙긋 웃었다. "오즈릭 데인이 모임에서 우리가 주로 어떤 주제를 다루느냐 물었던 거 기억나죠? 징구라고 말해버리고 싶었어요!"

이 재치 있는 농담을 제대로 알아듣고 모두들 웃었지만, 플린스 부인은 잠시 찬찬히 생각해보더니 말했다. "그렇게 하는 게 과연 현명했을지 전 잘 모르겠어요."

방금 한 앙갚음을 오즈릭 데인에게 직접 쏘아붙인 것처럼 시원해하던 밸린저 부인이 플린스 부인을 돌아보며 아니꼽게 물었다. "이유가 뭔지 물어도 될까요?"

플린스 부인은 심각해 보였다. "그럼요. 전 로비 부인조차도 그 주제에 깊이 들어가고 싶어하지 않는다고 봤거든요."

밴 블레이크 양이 신중한 태도로 거들었다. "전 그게, 그러니까, 그게 뭐더라, 그것의 기원을 찾기 어렵다고⋯." 그러다 갑자기 평소에는 뭐든 잘 기억했는데 이번만은 모르겠다는 듯 결론을 맺었다. "전 공부한 적 없는 주제예요."

"저도요." 밸린저 부인이 말했다.

로라 글라이드가 눈을 동그랗게 뜨고 그들을 향해 몸을 내밀었다. "그럼 아는 사람만 아는 난해한 건가요?"

"무슨 근거로 그런 말을 하는지 모르겠네요." 밴 블레이크 양이 쏘아붙였다.

"음, 그거 못 느꼈어요? 똑똑한 외국인, 맞죠, 그 사람 외국인이랬죠? 그 외국인이 로비 부인한테 그것의 기원을 말해주었다는 얘기를 듣자마자 오즈릭 데인이 지대한 관심을 가졌잖아요. 그 무슨 의식의 기원인지, 하여튼 뭐 그런 거 말이에요."

플린스 부인은 탐탁찮은 표정이었고, 밸린저 부인은 갈팡질팡한 끝에 입을 열었다.

"그게… 일상적인 대화에서는 언급하지 않는 게 좋지만… 오즈릭 데인같이 뛰어난 여자에게도 중요한 걸 보니… 우리끼리… 따로… 문을 닫고 허심탄회하게 얘기해보면 어떨까 싶네요."

"저도 동의해요." 밴 블레이크 양이 선뜻 지원하고 나섰다. "너무 어려운 말은 하지 않는다는 조건으로요."

"오, 당연히 우리끼리는 그런 것 없이도 이해할 수 있지요." 레버렛 부인이 킥킥거렸다. 로라 글라이드가 의미심장하게 덧붙였다. "우리가 잘 이해할 수 있겠죠?" 그 사이 밸린저 부인이 벌떡 일어나더니 문이 잘 닫혀 있는지 보러 갔다.

플린스 부인은 아직 입장을 밝히지 않았다. "그런 이상한 관습을 조사해서 무슨 득 되는 일이 있을지…."

그러나 이미 인내심의 한계에 도달한 밸린저 부인이 자리로 돌아오며 말했다. "적어도 우리가 패니 로비보다 못해 보이는 수모를 다시는 겪지 않아야 하잖아요!"

플린스 부인도 이 말에는 전적으로 동의했다. 부인이

방을 샅샅이 둘러보더니 목소리를 낮추고 명령조로 물었다. "책 있죠?"

"채, 책이요?" 밸린저 부인이 말을 더듬었다. 다른 회원들이 기대에 찬 눈으로 자신을 보고 있는 상황에서 이런 대답은 적당하지 않아 금방 되물었다. "무슨 책?"

이번에는 동료들의 기대에 찬 시선이 플린스 부인에게 향했고, 부인은 평소보다 덜 확신에 찬 얼굴로 겨우 대답했다. "음, 그러니까 그런 책…"

"무슨 책이냐구요?" 밴 블레이크 양이 오즈릭 데인만큼 신경질적으로 말을 받아쳤다.

밸린저 부인이 로라 글라이드를 쳐다봤고, 로라 글라이드는 레버렛 부인을 혹시나 하는 표정으로 바라봤다. 사람들이 자신에게 의견을 구하는 데 고무된 레버렛 부인이 만용을 부리며 소리쳤다. "뭐긴 뭐예요, 당연히 징구지!"

이 말에 모두들 입을 굳게 닫고 밸린저 부인의 서재에서 책을 찾기 시작하자, '그날의 책'을 불안한 듯 바라보던 밸린저 부인이 위엄 있는 목소리로 말했다. "쉽게 구할 수 있는 게 아닐 겁니다."

"맞아, 아닐 거예요!" 플린스 부인이 외쳤다.

"책이긴 한가요?" 밴 블레이크 양이 말했다.

이 말에 멤버들은 다시 혼란에 빠졌고, 밸린저 부인이 초조하게 한숨을 내뱉으며 말했다. "음, 당연히 책이지…."

"그럼 왜 글라이드 양은 그걸 종교라고 했죠?"

로라 글라이드가 끼어들었다. "종교? 제가 언제…."

"그랬잖아요. 의식이라면서요, 플린스 부인은 관습이라고 했구요." 밴 블레이크 양이 주장했다.

글라이드 양은 자신이 한 말을 기억해내려고 애썼지만, 원래부터 그런 데는 약한 사람이었다. 마침내 자신 없게 중얼거렸다. "분명 엘레우시스 제전(곡식의 여신 데메테르를 받드는 신비적 의식—역주)에 그 비슷한 걸 했던 것…."

"아." 밴 블레이크 양이 동의하지 못하겠다는 듯 내뱉었고, 플린스 부인은 거칠게 말했다. "그런 건 없다고 알고 있어요!"

밸린저 부인은 짜증이 났다. "우리들끼리도 그 문제를 조용히 얘기할 수 없다는 게 매우 유감이군요. 제 생각입니다만, 아무도 징구를 제대로 모르는 것 같아요."

"제 생각도 그래요!" 글라이드 양이 소리쳤다.

"혹시 '오늘의 생각'을 찾아보고 싶다면 그렇게라도 해봐요."

레버렛 부인이 안도하듯 감탄사를 뱉었다. "그거, 바로 그거예요!"

"뭔데요?" 회장이 나섰다.

"어… 생각이라는 거죠. 제 말은 철학이라고요."

이 말에 밸린저 부인과 로라 글라이드는 약간 안도하는 듯했지만, 밴 블레이크 양은 달랐다. "죄송하지만, 다 잘못 생각하시는 것 같아요. 징구는 언어일 거예요."

"언어!" 런치클럽 전체가 탄성을 질렀다.

"틀림없어요. 패니 로비가 말한 거 기억 안 나요? 몇몇 지점이 있다고 했잖아요, 그리고 어떤 건 따라가기도 힘들다고 했구요. 그런 거라면 방언이 아니고 뭐겠어요?"

밸린저 부인이 더는 참지 못하고 가소롭다는 듯 크게 웃었다. "우리가 끝내 징구를 몰라서 패니 로비한테 물어보러 가야 한다면 차라리 죽는 게 낫겠어요!"

"제대로 말해주지도 않고, 로비 부인 진짜 너무해요." 로라 글라이드가 끼어들었다.

"패니 로비가 뭘 제대로 하는 게 있나요 어디!" 밸린저 부인이 어깨를 으쓱했다. "곳곳에 실수투성이지."

"찾아보는 게 어때요?" 플린스 부인이 말했다.

보통 토론이 한창일 때 플린스 부인이 이런 뜬금없는 제안을 하면 모두 무시한 후에 각자 집에 가서 따로 찾아보는 편이었다. 그러나 지금은 로비 부인이 남긴 의문에 모두 혼란스러운 상황이라 책을 찾아보자는 데 의견이 모였다.

마침 레버렛 부인이 《적절한 암시》를 꺼내 보통 때와 다르게 잠시 다른 사람들의 주목을 받는 호사를 누렸지만, 아쉽게도 거기에는 징구에 관한 내용이 없었다.

"이 책은 아니네요!" 밴 블레이크 양이 말하더니 밸린저 부인의 책장을 시답잖게 바라보며 초조함을 드러냈다. "좀 쓸 만한 책 없어요?"

"물론 있죠." 밸린저 부인이 분연히 대답했다. "남편의 옷방에 있어요."

한참 후 하인이 어렵사리 옷방에서 백과사전 전집을 가지고 나와 두껍고 무거운 책들을 밴 블레이크 양 앞에 차곡차곡 쌓았다.

고통스럽고 긴장되는 가운데 밴 블레이크 양이 안경을 문질러 닦고 제대로 고쳐 쓴 다음 Z 항목을 폈다. "여기엔 없네." 라고 말하자 모두 놀라 웅얼댔다.

"백과사전에 나올 만한 게 아닌가봐요." 플린스 부인이 말했다.

"말도 안 돼요! X를 찾아봐요."

밴 블레이크 양이 다시 책을 뒤집은 후 페이지를 조금씩 앞뒤로 살피다 말고 뭐 마려운 강아지처럼 동작을 멈추더니 한동안 미동 없이 가만히 있었다.

"왜, 찾았어요?" 밸린저 부인이 한참 뜸을 들인 후에 물었다.

"네, 찾았어요." 밴 블레이크 양의 목소리가 이상했다.

플린스 부인이 황급히 끼어들었다. "거북한 게 있으면 크게 읽지 마세요."

밴 블레이크 양은 아무 말 없이 잠자코 책만 들여다보았다.

"도대체 뭔데요?" 로라 글라이드가 흥분해서 소리 질렀다.

"말해봐요!" 레버렛 부인이 여동생에게 해줄 희한한 얘기가 생긴 모양이라 여기며 다그쳐 물었다.

밴 블레이크 양이 책을 옆으로 밀어치우고 기대에 찬 멤버들을 향해 천천히 몸을 돌렸다.

"강이에요."

"강?"

"네, 브라질에 있는. 거기 살지 않았나요?"

"누구 말이에요, 패니 로비? 아, 뭔가 실수가 있었겠죠. 뭘 잘못 읽은 거 아니에요?" 밸린저 부인이 책을 집어들기 위해 몸을 숙이며 소리를 질렀다.

"백과사전에 나오는 징구는 그것뿐이에요. 로비 부인은 브라질에 살았고요." 밴 블레이크 양이 주장했다.

"맞아요. 오빠가 거기 영사예요." 레버렛 부인이 거들었다.

"하지만 말도 안 돼요! 나 아니 우리, 우리 작년인가 재작년에 징구 찾아봤었잖아요." 밸린저 부인이 더듬거리며 말했다.

"맞아요, 부인이 찾아보라고 해서서 제가 찾았던 것 같아요." 로라 글라이드가 인정했다.

"내가 찾아보라고 했다구요?" 밸린저 부인이 꽥 소리를 질렀다.

"네. 그것 때문에 다른 건 안중에도 없었다고 부인도 말씀하셨잖아요."

"아, 부인은 인생 전체가 바뀌었다고 말했었죠!"

"그렇다면, 밴 블레이크 양도 그것에 투자한 시간이

조금도 아깝지 않다고 했죠."

플린스 부인이 거들었다. "기원이 뭐든 전 아는 게 없다고 분명히 말했어요."

밸린저 부인이 끙 신음하며 논쟁을 말렸다. "오, 로비 부인이 작심하고 우리를 놀린 것 같은데 다른 게 뭐 중요해요. 밴 블레이크 양 말이 맞겠군요. 로비 부인은 내내 강 얘기를 했네요!"

"어쩜 그럴 수가! 정말 가당찮네요." 글라이드 양이 왕왕댔다.

"자, 읽어볼게요." 밴 블레이크 양이 백과사전에서 눈을 뗀 후 화가 나서 빨개진 코에 안경을 다시 잘 맞춰 썼다. "징구(Xingu), 브라질에서 가장 큰 강 중 하나. 마토 그로소 고원에서 발원해 북쪽으로 자그마치 1,118마일 흘러 강어귀에 있는 아마존 강으로 유입된다. 징구의 상류는 고도가 높고 여러 지류로 흘러들어간다. 수원은 1884년 독일의 탐험가 스타이넨에 의해 처음 발견되었으며, 지난한 탐험 후 이 지역은 원주민 보호 구역으로 지정되어 그들만의 생활 방식으로 거주하고 있다."

회원들은 처음 레버렛 부인이 의견을 낼 때부터 죽 그래왔듯 망연자실한 상태로 이 내용을 들었다. "지류가 있다는 얘기도 분명히 했었어요."

그 말에 마지막 끈이 툭 떨어지는 느낌이었다. "그리고 굉장히 깊다고도 했죠." 밸린저 부인이 헉 하고 숨을 내쉬었다.

"상당히 깊고, 건너뛸 수 없고, 계속 헤쳐가야 한다고 말했죠." 글라이드 양이 덧붙인 말이었다.

플린스 부인은 이제야 사태가 좀 파악되는 것 같았다. "강이었다면 제대로 얘기했었어야죠."

"제대로?"

"그 왜 있잖아요, 근원이 썩었다고 말하지 않았어요?"

로라 글라이드가 잘못 기억한 부분을 고쳐주었다. "썩었다고 하진 않았죠, 여자들은 도전하지 않는 게 좋겠다고 했지. 거기 갔던 사람이 그렇게 말했다고 했어요. 아마 탐험가였겠죠? 탐험이 위험하다고 책에 나와 있지 않았어요?"

"어렵고 위험하다." 밴 블레이크 양이 백과사전에 나온 내용을 읽었다.

밸린저 부인이 욱신거리는 관자놀이를 양손으로 문질렀다. "로비 부인은 강에, 특히 이 강에 적용되지 않는 얘기는 한 마디도 하지 않았어요!" 그러더니 다른 멤버들을 죽 둘러보았다. "그거 기억나요? 로비 부인이 오빠네가 있는 동안 선상 파티에 《최고의 순간》을 가져갔는데 누군가 배 위로 그걸 '팔매치는' 바람에, 물론 '팔매치는' 건 로비 부인 표현이에요, 읽지 못했다고 했잖아요."

회원들은 그 표현을 제대로 이해하지 못했다는 것이 기막혔다.

"또 오즈릭 데인의 책 중 한 권에 징구가 있다고 말하지 않았어요? 그러고 보니 강에 오즈릭 데인의 책 한 권이 있다는 걸 비틀어서 말한 거였군요."

방금 전까지의 장면들을 더듬은 런치클럽 회원들은 기가 막혀 말문을 잃었다. 급기야 그 문제를 심각하게 고민한 플린스 부인이 무거운 목소리로 말했다. "오즈릭 데인도 속아 넘어갔어요."

레버렛 부인이 용기를 내어 말했다. "아마 그 때문에 로비 부인이 그랬을 거예요. 오즈릭 데인더러 뻣뻣하다고 말했잖아요. 그래서 본때를 보여주고 싶었나봐요."

밴 블레이크 양이 인상을 썼다. "우리까지 희생시키면서 그럴 필요가…."

"적어도 로비 부인이 우리보다는 오즈릭 데인에게 더 관심을 끌긴 했군요." 글라이드 양이 씁쓸한 듯 말했다.

"우리한테 기회가 있긴 했나요?" 밸린저 부인이 응수했다.

"처음부터 로비 부인이 오즈릭 데인의 관심을 독점했어요. 분명 클럽 내에서 자신의 위치에 관해 오즈릭 데인에게 좋은 인상을 주려고 의도했을 거예요. 관심을 끌기만 한다면 뭐든 괜찮다고 생각했겠죠. 로비 부인이 불쌍한 포랜드 교수를 어떻게 구워삶았는지 우리가 다 알잖아요."

"목요일마다 브리지와 차 모임을 하도록 만들었죠." 레버렛 부인이 이죽거렸다.

로라 글라이드가 손을 마주쳤다. "아, 오늘이 목요일이라 거기 갔군요. 물론 오즈릭을 데리고 갔겠죠!"

"지금쯤 두 사람이 우리 얘기를 하며 아주 좋아 죽겠군요!" 밸린저 부인이 이를 앙다물며 말했다.

그럴 가능성을 인정하려니 약이 올라 죽을 것 같았다. "로비 부인이 오즈릭 데인에게 자기가 사기 친 걸 고백하기야 하겠어요?" 밴 블레이크 양이 말했다.

"확실하지는 않지만, 로비 부인이 나가면서 신호를 보냈을 거예요. 안 그랬다면 오즈릭 데인이 부인을 따라 그렇게 황황하게 나갔을 리가 없죠."

"아니죠. 우리는 계속 징구가 얼마나 대단한지 얘기했고, 오즈릭 데인도 그걸 더 알고 싶다고 했잖아요." 레버렛 부인은 당사자들이 그 자리에 없다고 사실이 아닌 말을 해서는 안 된다는 듯 말했다.

다른 이의 분노에는 아랑곳하지 않은 레버렛 부인의 말이 회원들을 더 한층 자극했다.

"네, 그리고 두 사람은 지금쯤 그 점을 가장 많이 비웃고 있겠죠." 로라 글라이드가 빈정댔다.

플린스 부인이 일어나 값비싼 털옷을 착착 모아들며 말했다. "비난하고 싶진 않지만, 이런 부적절한 일이 재발하지 않도록 클럽 차원에서 회원들을 보호하는 조치를 하지 않으면 전…"

"오, 저도요!" 글라이드 양도 일어서며 동의를 표했다.

밴 블레이크 양이 백과사전을 덮고 일어서며 재킷 단추를 잠갔다. "제 시간이 얼마나 소중한데…"

"우리 모두 같은 마음인 것 같네요." 밸린저 부인이 레버렛 부인을 살폈고, 레버렛 부인은 다른 사람들을 보았다.

"우린 늘 추문 따윌 조심했어요." 플린스 부인이 계속 말을 이었다.

"그런데 오늘 로비 부인이 그걸 일으켰죠." 글라이드 양이 화가 나서 소리쳤다.

레버렛 부인이 투덜댔다. "어쩜 그럴 수 있을까요!" 밴 블레이크 양도 노트를 집어 들며 한마디 거들었다. "어떤 일도 서슴지 않는 사람이 있죠."

"하지만 내 집에서 이런 일이 일어났다면, (말은 그렇게 했지만, 자기 집에서 모임을 했다면 절대 이런 일이 일어나지 않으리란 말투였다.) 전 로비 부인을 그만두게 하거나 아니면 제가 그만둬야 한다고 생각했을 거예요." 플린스 부인이 강력하게 주장했다.

"아, 플린스 부인…." 런치클럽 전체가 한숨을 내쉬었다.

플린스 부인이 아량 있는 행동을 하듯 말을 계속했다. "유명한 초대 손님을 자신의 집에 초대하는 게 회장님의 특권이라고 주장하셨으니, 이 개탄스러운 일도 결국 회장님이 해결하셔야 한다는 데 다른 분들도 동의하실 것 같습니다만."

플린스 부인이 오래 억누른 분노를 터트리고는 깊은 침묵에 잠겼다.

"로비 부인에게 사퇴를 요청하는 일을 왜 제가 해야 하는지 모르겠네요." 밸린저 부인이 마침내 입을 열었다. 그러자 로라 글라이드가 몸을 돌려 부인에게 말했다. "로비 부인이 회장님도 징구로 엉뚱한 소리를 하게 만들었 잖아요."

레버렛 부인이 참지 못하고 키들거렸고, 그 바람에 밸린저 부인은 더 소리를 높여 뒷말을 했다. "하지만 제가 그 일을 안 할 거라고는 조금도 생각하지 마세요."

응접실 문이 닫히고, 회장은 필기용 테이블에 앉아 팔꿈치 얹을 자리를 만들기 위해 《죽음의 날개》를 옆으로 휙 밀어젖힌 후 클럽용 편지지 한 장을 꺼내 글을 쓰기 시작했다.

"친애하는 로비 부인…."

로마의 열병

1

고상한 차림새를 한 중년의 미국 여성 두 명이 로마의 어느 레스토랑에서 점심을 먹은 후, 테이블에서 자리를 옮겨 높은 테라스 난간에 기대어 서로를 바라본 다음, 아래로 장엄하게 펼쳐진 팔라티노 언덕과 광장을 모호하지만 인자한 표정으로 내려다보았다.

그곳에 기대 서 있자니 아래쪽 계단에서 앳되고 명랑한 여자아이의 목소리가 위로 울려 퍼졌다.

"자, 이제 우리 갈까?" 중년 부인들이 아닌 보이지 않는 누군가를 부르는 소리였다. "우리 젊은 어마마마들은 뜨개질이나 하시게 놔두고." 그러자 새로운 목소리가 웃으며 되받아쳤다. "아, 근데, 뱁스, 지금 뜨개질하는 것 같진 않아." "일테면 그렇다는 거지." 첫 번째 목소리였다. "어쨌든 우리 가련한 오마니들은 달리 할 일이 없으니…" 그 부분에서 계단참을 도는지 대화가 끊겼다.

두 중년 여성은 이번에는 약간 황당한 듯 웃으며 서로를 바라봤고, 상대적으로 키가 작고 얼굴이 하얀 쪽은 고개를 저으며 살짝 얼굴을 붉혔다.

"바바라 쟤 좀 봐!" 여자가 계단에서 들리는 조소 어린 목소리에 나즈막이 힐책을 보내며 중얼거렸다.

검고 두터운 눈썹 덕분에 코가 더 작고 단단해 보이는 혈색 좋은 상대 여자가 기분 좋게 웃었다. "우리가 딸들한테 이런 대접을 당하네."

"우리만 그렇진 않을걸. 요즘은 엄마를 대체로 그렇게들 생각하잖아. 그리고 보면 영 틀린 말도…" 조금 미안한 표정으로 여자가 검은 핸드백에서 뜨개바늘 두 개가 꽂혀 있는 진홍색 명주실 꾸러미를 끄집어내며 중얼거렸다. "사람들은 몰라, 세상이 바뀌어서 확실히 여유가 많아졌지만, 어떨 땐 이런 걸 봐도 그다지 좋은 줄 모르겠어." 몸짓으로 발치에 있는 엄청난 광경을 가리켰다.

　얼굴이 까무잡잡한 여인이 다시 웃었고, 둘은 생각에 잠긴 채 발 아래 펼쳐진 풍경에 빠져들었다. 고요하고 평화로운 봄기운이 대기에 가득했다. 점심시간은 이미 지난 지 오래고 두 사람은 넓은 테라스 끝 쪽에 자리잡았다. 반대편에서 로마 시내를 내려다보던 무리들도 가이드북과 팁을 챙기고 있었다. 그들도 떠나고 이제 상쾌한 바람이 부는 높은 테라스는 고스란히 두 여인의 차지가 되었다.

　"음, 우리는 여기 더 못 있을 이유가 없지?' 혈색 좋고 눈썹이 짙은 슬레이드 부인이 말했다. 그러고는 근처에 놓인 버들가지 의자 두 개를 난간 쪽으로 끌어당겨 앉은 다음 팔라티노 언덕을 내려다보았다. "그래도 아직은 저게 세상에서 가장 아름다운 볼거리잖아."

　"앞으로도 계속 그럴 것 같아, 내게는." 앤슬리 부인이 '내게는' 을 조금 힘주어 말했다. 슬레이드 부인은 친구가 옛날식으로 편지 쓰는 사람들처럼 늘 이렇게 강조하는 걸 알면서도, 이번에는 과연 단순히 습관에서 나온 말이었을지 의심스러웠다.

　'그레이스 앤슬리는 항상 저렇게 고리타분하다니까.'

슬레이드 부인은 속으로 그렇게 생각하면서도 옛일을 회상하듯 웃으며 큰소리로 덧붙였다. "우리 둘에게 한동안 아주 익숙했던 풍경이잖아. 기억나니? 우리가 처음 여기서 만났을 때 지금 우리 딸애들보다 더 어렸었어."

"그럼, 기억하고말고." 앤슬리 부인이 여전히 불확실한 어조로 웅얼거렸다. "근데 저기 수석 웨이터가 우리한테 자꾸 뭘 말할까 말까 고민하는 눈치야." 앤슬리 부인이 덧붙였다. 앤슬리 부인은 확실히 친구보다 자신과 자신의 권리에 확신이 덜한 사람이었다.

"내가 고민을 그만하게 만들어놓을게." 슬레이드 부인이 앤슬리 부인의 것만큼이나 호화스러워 보이는 가방으로 손을 뻗으며 말했다. 수석 웨이터를 불러 자신들은 오래 전부터 로마를 사랑한 사람들이라 오후 내내 여기에서 경치를 내려다보고 싶으니 영업에 방해가 되지 않는다면 있게 해달라고 말했다. 수석 웨이터는 부인이 건넨 팁을 감사히 받으며 전혀 방해되지 않으니 저녁까지 있어도 무방하다고 힘주어 말했다. 마침 보름달이 뜨는 밤이라고….

슬레이드 부인은 보름달 운운은 어울리지도, 반갑지도 않다는 듯 검은 눈썹을 찌그러뜨렸다. 그러나 수석 웨이터가 물러나자 인상을 펴고 빙긋 웃었다. "그래, 뭐. 이 것도 나쁘지 않지! 다른 데 간다고 더 낫다는 보장도 없고, 애들이 언제 돌아올지도 모르니 말이야. 애들 어디 갔는지 아니? 난 모르거든!"

앤슬리 부인이 또 살짝 얼굴을 붉혔다. "대사관에서 만났던 젊은 이탈리아인 조종사들이 타르퀴니아로 차 마시러 가자고 애들을 초대하지 않았을까? 아마 기다렸다 달을 보고 돌아올 테지."

"달빛이라! 달빛! 아직도 달빛이 역할을 하는군. 애들도 예전의 우리처럼 감상적일까?"

"글쎄, 난 걔들을 좀체 모르겠어." 앤슬리 부인이 말했다.

"어쩌면 우리도 서로에 대해서 그다지 많이 알지 못했던 것 같아."

"맞아, 그랬을 거야."

앤슬리 부인이 슬쩍 친구를 훔쳐보며 말했다. "네가 감상적이라고는 한 번도 생각해본 적 없었어, 앨리다."

"음, 아마 그랬겠지." 슬레이드 부인은 미간을 찌푸리며 회상에 잠겼다. 잠시 두 여인은 자신들이 어린 시절부터 친구였지만 서로를 얼마나 모르는지 되새겨보았다.

물론 큰 특징은 모르지 않았다. 예를 들어 슬레이드 부인은 25년 전의 앤슬리 부인이 정말 사랑스러웠다고 누구에게든 자신 있게 말할 터였다. '아니, 진짜라니까요! 물론 지금도 매력적이고 아름답지만… 어릴 땐 정말 그런 듯 아름다웠어요. 딸 바바라보다 훨씬 더 예뻤어요. 물론 요즘 기준으로 보면야 바바라가 더 예쁠지 모르죠. 건강하고 흔히 말하듯 카리스마도 있고요. 그렇게 특색 없는 부모한테서 어쩜 저런 딸이 나왔는지 모르겠어요. 그럼요, 호러스 앤슬리도 그랬죠. 부인하고 판박이예요. 옛 뉴욕 박물관에 들어가도 좋을 만큼 잘생겼고 흠잡을 데 없고, 모범적이죠.' 슬레이드 부인과 앤슬리 부인은 실제로도 오랫동안 서로 마주보고 살았다. 이스트 73번가 20번지 응접실 커튼이 바뀌면, 맞은편 23번지에서 당장 그걸 알아챌 정도였다. 뿐만 아니라 무엇이 들고 나는지, 어떤 물건을 사들이는지, 어디로 여행 가고, 기념일은 언제인지, 어디가 아픈지까지 하나도 빠짐없이 연대별로 훤히 꿰고 있었다. 슬레이드 부인이 놓치는 것은 거의 없었다. 그러다 남편이 월스트리트에서 크게 성공하자 슬레이드 부인은 이런 일에 시들해졌고 파크 애비뉴의 부촌으로 이사 가게 됐을 때는 이런 생각까지 하기 시작했다. '차라리 주류 밀매점 맞은편에 살면 분위기 전환도 되고 좋을 텐데. 적어도 현장을 덮치는 장면은 보게 될 거 잖아.' 상상하다 보니 엔슬리 부인이 급습당하는 장면을 그려보게 됐고 너무 재밌어서 이사도 가기 전에 부인들 점심 모임에 가서 그 얘기를 떠벌렸다. 반응은 엄청났고 금세 이상하게 소문이 돌았다! 슬레이드 부인은 그 얘기가 길 맞은편에 사는 엔슬리 부인의 귀에도 들어갔을지 때때로 궁금했다. 그러지 않기를 바랐지만, 크게 신경쓰지도 않았다. 고상함을 별로 중시하지 않던 때라 착실한 사람들을 조금 비웃었다고 큰일이 나지는 않았다.

몇 년 후, 몇 달 간격으로 두 여인은 각각 남편을 잃었다. 애도용 화환과 위로를 적절히 주고받고 조문을 하는 와중에 친밀감이 잠깐 되살아났지만 다시 사이가 떴고, 이번에 우연히 각자 조신하고 과년한 딸들을 대동한 채 로마에 있는 같은 호텔에서 만나게 되었다. 여러 비슷한 상황이 그들을 다시 가까워지게 했다. 둘은 가벼운 농담을 주고받았고, 옛날에는 딸아이들 뒤를 쫓아다니느라 오히려 힘들었을 텐데 지금은 상황이 달라져서 따분할 때가 있다는 고백을 털어놓기도 했다.

슬레이드 부인은 틀림없이 자기가 그레이스보다 공

허함을 더 많이 느끼리라 생각했다.

델핀 슬레이드의 아내로 사는 삶과 그의 미망인으로 사는 삶에는 상당한 낙차가 있었다. 슬레이드 부인은 분명 잘난 남편에게 자부심이 있었지만, 사교술로는 자신도 남편 못지않아서 부부가 남다른 커플이 되는 데 자신의 역할이 컸다고 믿어 의심치 않았다. 그러나 남편이 죽고 나자 상황이 엄청나게 달라졌다. 항상 굵직굵직한 사건을 한두 개씩 맡고 있는 유명한 회사 고문 변호사의 아내로 살면서 그녀는 매일 흥미진진하고 예상치 못하던 일을 경험했고, 해외에서 온 저명한 동료들을 접대해야 했으며, 법률적인 일로 런던이나 파리 또는 로마로 급파되어 그곳에서 융숭한 대접을 받기도 했다. 연회장에서 이런 소리를 듣는 기쁨도 컸다. "와, 좋은 옷과 감각을 가진 저 아름다운 여인이 슬레이드 부인이라고요? 정말이에요? 유명 인사의 아내는 보통 옷 입는 센스가 떨어지는 법인데, 믿을 수가 없네요."

그러다가 슬레이드의 미망인으로 사는 것은 영 재미가 없었다. 대단한 남편에 맞춰 살 때는 모든 능력이 다 동원되었는데, 지금은 맞춰 살아야 할 사람이 딸뿐이었다. 남편의 재능을 고스란히 물려받은 아들은 어릴 때 죽었다. 부인은 자식 잃은 고통을 남편과 분담하며 근근이 견뎠다. 남편이 죽자 아들이 더 사무치게 그리웠다. 이제 모녀뿐이었다. 그런데 제니는 너무 완벽한 아가씨라 엄마의 보살핌이 필요 없었다. '바바라 앤슬리가 내 딸이었대도 지금 내 삶이 이렇게 조용하기만 할까?' 슬레이드 부인이 종종 하는 생각이었다. 제니는 바바라보다 나이가 어렸고 젊고 예쁜데도 전혀 그렇지 않은 아이처럼 손갈 일을 만들지 않았다. 신통방통했지만, 슬레이드 부인에게는 좀 따분한 노릇이었다. 차라리 남자와, 그것도 나쁜 남자와 사랑에 빠지면 좋겠다고 부인은 생각했다. 그러면 옆에서 조용히 지켜보다가 작전을 짜서 구출해낼 기회라도 생길 텐데. 그러나 현실에서는 오히려 제니가 엄마를 보살피고, 찬바람을 막아주고, 잊지 않고 약을 먹게 했다.

앤슬리 부인은 원래 성격도 친구보다 덜 분명했고, 슬레이드 부인에 관해 마음속으로 정립해둔 이미지도 흐리고 약했다. '앨리다 슬레이드는 매우 똑똑하다. 하지만 본인이 생각하는 것만큼 똑똑하지는 않다.' 정도가 전부였다. 슬레이드 부인을 전혀 모르는 사람들의 이해를 돕기 위해 덧붙여야 할 상황이면, 슬레이드 부인이 엄청나게 매력적인 아가씨였다고 말했을 것이다. 예뻤고, 어떤 면에서는 딸보다 더 현명했다! 제니에게는 엄마에게서 풍겼던 '상큼발랄함'이 없었다. (앤슬리 부인은 이런 유행어를 말하는데도, 그런 말을 생전 처음 써보는 사람처럼 꼭 인용 부호까지 동원하는 사람이었다.) 그랬다. 제니는 전혀 엄마를 닮지 않았다. 앤슬리 부인은 종종 앨리다 슬레이드가 그 점을 실망스러워한다고 생각했다. 어쨌든 슬레이드 부인은 전반적으로 행복하지 않았고 실패와 실수로 점철된 삶을 살았다. 앤슬리 부인은 항상 친구를 측은해했다.

그러니까 이 두 여자는 각자 망원경의 반대쪽으로 상대를 보고 마음에 새겼던 것이다.

2

한참 동안 그들은 말없이 나란히 앉아 있었다. 거대한 죽음의 상징을 마주하고 잠시 자신들의 헛된 행동을 내려놓음으로써 마음의 평안을 찾은 듯했다. 슬레이드 부인은 카이사르 궁전의 황금빛 경사면을 응시하며 미동도 없이 앉아 있었고, 앤슬리 부인도 초조한 듯 가방을 만지작거리던 손길을 멈추고 명상에 빠져들었다. 친한 친구답게 두 사람은 함께 있을 때 말을 하지 않아본 적이 없었다. 앤슬리 부인은 그 사이 세월이 많이 흘러서 자신이 미처 대처할 틈도 없이 관계의 새로운 국면을 맞은 건 아닌지 당황스러웠다.

별안간 둔중한 종소리가 로마 하늘에 주기적으로 울려 퍼졌다. 슬레이드 부인이 손목시계를 내려다보고는 놀라서 말했다. "벌써 다섯 시네."

앤슬리 부인이 슬쩍 친구의 의향을 떠봤다. "다섯 시면 대사관에서 브리지 게임 하지 않아?" 친구가 아무 대답 없이 뭔가 생각에 골똘해 있어서 앤슬리 부인은 자기가 한 말을 못 들은 줄 알았다. 그러다 한참 만에 슬레이드 부인이 꿈에서 깬 것처럼 말했다. "브리지, 라고 했니? 넌 가려면 가. 난 안 갈래."

"아, 아냐." 앤슬리 부인이 서둘러 말했다. "나도 그다지 가고 싶지 않아. 여기가 너무 좋아. 네 말대로 추억이 많잖아." 앤슬리 부인은 다시 의자 등받이에 몸을 제대로 붙이고 뜨갯거리를 안으로 슬쩍 끌어당겼다. 슬레이드 부인은 잘 손질된 예쁜 손을 무릎 위에 가지런히 얹은 채 친구의 이런 행동을 곁눈질했다. 그러고는 천천히 말했다. "로마는 각 세대 여행자들에게 어떤 다른 의미일까 생각해봤어. 우리 할머니들은 열병을 떠올릴 테고, 어머니들은 우리가 너무 감정에 치우칠까봐 늘 노심초사했던 것만 기억하겠지? 우리 딸애들이야 메인 스트리트 한복판에서도 더는 위험을 느끼지 않아. 걔들은 그것만 모르는 게 아니라 너무 많은 걸 놓치고 있어!"

긴 황금빛 석양이 엷어지기 시작하자 앤슬리 부인이 뜨개질감을 눈에 좀 더 가까이 끌어당겼다. "맞아, 그땐 감시가 정말 심했지!" 슬레이드 부인도 거들었다. "우리 어머니들이 할머니들보다 훨씬 더 힘들었을 거라고 늘 생각했었어. 열병이 창궐했을 때는 위험한 시각에 딸애들을 집에 불러들이기도 상대적으로 쉬웠을 거야. 병 핑계를 대면 됐을 테니까. 우리가 젊었을 땐 어땠니? 밖에선 아름다운 것들이 손짓하고, 우린 반항의 겉멋이 들었고, 해 진 후에 밖에 있어봤자 위험한 거라곤 감기밖에 없었으니 우리 어머니들이 우리를 밖에 못 나가게 하려고 얼마나 힘들었을까!"

슬레이드 부인이 다시 친구를 향해 고개를 돌렸지만,

앤슬리 부인은 한창 손이 많이 가는 부분을 뜨고 있었다. "하나, 둘, 셋! 두 코 빼고… 맞아, 그러셨을 거야." 앤슬리 부인이 고개도 들지 않고 친구의 말에 동의를 표했다.

슬레이드 부인은 더욱 관심 어린 눈으로 친구를 보며 속말을 했다. '쟨 이런 상황에서 어떻게 뜨개질이나 하고 앉았지! 저런 애가 어떻게…'

슬레이드 부인은 생각을 곱씹으며 몸을 뒤로 기댄 채 눈앞에 펼쳐진 유적들에서부터 길고 넓은 푸른 광장, 그 너머로 보이는 성당 전면의 희미한 불빛 그리고 외따로 우뚝 선 콜로세움까지 죽 훑어보았다. 그러다 갑자기 이런 생각이 들었다. '우리 애들이 달빛 따위로 감상에 젖는 쪽이 아니긴 해. 하지만 바바라 앤슬리가 후작이라는 그 젊은 조종사를 잡으러간 게 아닌지 누가 알겠어. 그러면 우리 제니는 그 옆에서 기회도 없을 거 아냐. 그럼 그렇지. 혹시 그레이스 앤슬리가 그걸 미리 알고 두 아이를 어디든 함께 다니게 하는 거 아냐? 아이고, 우리 불쌍한 제니는 그럼 들러리잖아!' 슬레이드 부인이 들릴까 말까 하게 헛웃음을 웃는 바람에 앤슬리 부인이 뜨개질을 멈추고 친구를 바라봤다.

"응?"

"아, 아냐. 아무것도. 그저 바바라는 어쩜 그렇게 추진력이 있을까 생각하던 참이야. 그 캄폴리에리 청년은 로마에서 가장 훌륭한 신랑감이잖아. 그렇게 순진한 척하지 마! 누군지 알면서. 난 그게 아주 신기하단 말이지… 너도 알겠지만… 어떻게 너랑 호러스같이 모범적인 인물들 사이에서 저런 역동적인 아이가 나왔는지 모르겠어." 슬레이드 부인이 이번에도 과하다 싶게 웃어보였다.

앤슬리 부인이 뜨개바늘 위에 힘없이 손을 내려놓았다. 부인은 발아래 펼쳐진 열정과 영광의 거대한 잔해들을 똑바로 내려다보았다. 그러나 작은 얼굴은 거의 무표정에 가까웠다. 마침내 부인이 말했다. "바바라를 과대평가하는 것 같다, 친구야."

슬레이드 부인의 말투가 한층 누그러졌다. "아냐. 그렇지 않아. 바바라는 대단한 아이야. 그래서 네가 부러운가봐. 아, 물론 내 딸도 완벽해. 내가 오래 병상에 눕게 되면, 음, 제니의 간호를 받는 편이 낫겠지. 그럴 때가 있을 거야…. 그런데 말야. 난 늘 반짝거리는 딸이 있었으면 했는데… 대신 천사 같은 딸을 가지게 된 게 이해가 안 돼."

앤슬리 부인이 작은 소리로 따라 웃었다. "바바라도

천사야."

"아, 물론. 물론이지! 하지만 그 애한텐 팔색조 같은 매력이 있잖아. 흠, 애들은 젊은 남자들과 바닷가를 거닐고, 우리는 여기 앉아 있으니… 문득 옛 생각이 나네."

앤슬리 부인이 다시 뜨개질을 시작했다. 슬레이드 부인은 생각했다. '쟤를 잘 모르는 사람은 쟤도 웅장한 유적들의 긴 그림자를 보면서 수없이 많은 기억을 떠올리고 있으리라 생각하겠지만, 아니야. 쟨 그저 뜨개질을 하고 있을 뿐이라고. 쟤한테 무슨 걱정거리가 있겠어! 바바라는 분명 일등 신랑감 깜폴리에리와 약혼하고 이리 돌아올 거야. 그럼 쟨 뉴욕 집을 팔고 로마에 와서 그 애들 옆에 집을 얻겠지. 절대 애들을 불편하게 하지는 않을 테고. 쟤가 또 눈치는 백단이니까. 훌륭한 요리사를 들이고, 주변에는 브리지와 칵테일을 함께할 사람들이 넘칠 테고… 손주들 틈에서 평화로운 노년을 보내겠지.'

슬레이드 부인은 자기 혐오에 흠칫 놀라며 상상의 나래를 접었다. '내가 무슨 권리로 그레이스 앤슬리에게 자꾸 못된 생각을 품지? 쟤를 부러워하는 건 평생 못 고치려나! 너무 오래된 고질병이라 그런가!'

슬레이드 부인은 자리에서 일어나 난간에 몸을 기댄

채 그 시간대의 풍경으로 답답한 마음을 달랬다. 그러나 마음이 진정되기는커녕 경치로 인해 혼란이 더 심해졌다. 그녀는 콜로세움을 향해 눈길을 돌렸다. 이미 황금빛 측면은 보라색 그림자에 잠겼고, 그 위로는 어떤 빛이나 색도 없는 청명한 하늘이 펼쳐져 있었다. 오후와 저녁이 균형을 이루며 시샘하듯 하늘 중간을 차지한 순간이었다.

슬레이드 부인은 뒤를 돌아 친구의 팔에 손을 얹었다. 너무 급작스런 행동이라 앤슬리 부인이 놀라서 위를 올려다보았다.

"해가 졌어. 무섭지 않니?"

"무서워?"

"로마의 열병이나 폐렴 같은 것 말이야! 그해 겨울에 너 많이 아팠잖아. 넌 어릴 때부터 목이 많이 약했어, 그렇지?"

"아, 우린 지금 여기 있잖아. 저 아래 광장은 순식간에 추워지는데… 여긴 괜찮네."

"아, 물론 그때 고생 많이 했으니 네가 잘 알겠구나." 슬레이드 부인이 난간에 다시 몸을 기대며 생각했다. '쟤를 미워하지 않기 위해 한 번 더 노력해보자.' 그러고는 밖으로 소리 내어 말했다. "여기서 광장을 볼 때마다 네

이모할머니 생각이 나. 정말 악독하지 않았어?"

"아, 맞아. 해리엇 이모할머니 말이지? 해진 후에 여동생을 광장으로 보내 자기 앨범에 넣을 꽃을 따오게 했던 그 할머니! 우리 할머니 세대는 다들 앨범에 꽃잎을 넣어 말리곤 했었지."

슬레이드 부인이 고개를 끄덕였다. "근데 해리엇 할머니는 같은 남자를 좋아한다는 이유로 여동생을 밖으로 내몬 거라며!"

"음, 전해오는 얘기로는 그래. 몇 년 후에 해리엇 이모할머니가 그걸 고백했대. 어찌 됐든, 가련한 여동생은 그 일로 감기에 걸려 죽었어. 어렸을 때 엄마가 그 이야기로 우릴 겁주곤 했지."

"우리가 여기 함께 있었던 겨울에, 나도 너한테 그 얘길 듣고 몹시 무서웠던 기억이 나. 내가 델핀과 약혼했던 그해 겨울 말이야."

앤슬리 부인이 희미하게 웃었다. "오, 네가 그랬어? 정말 그것 때문에 무서웠어? 네가 그렇게 쉽게 겁에 질리는 사람인 줄 몰랐네."

"자주 그렇진 않지, 그런데 분명 그땐 그랬어. 너무 행복해서 겁이 났달까. 그게 무슨 뜻인지 네가 알지 모르겠지만."

"그럼, 알지…" 앤슬리 부인이 더듬거리며 말했다.

"그래서 네 악랄한 이모 이야기가 더 깊이 박혔던 것 같아. 그리고 난 생각했어. 더는 로마의 열병 따위 없어. 하지만 해진 후 광장은 죽을 만큼 춥지. 특히 낮이 더웠던 날은 더 그래. 그리고 콜로세움은 훨씬 더 춥고 축축하다고."

"콜로세움?"

"응. 거기에 들어가기 쉽지 않았어. 밤에는 문을 닫으니까. 정말 쉽지 않았지. 그런데 당시에는 가끔 그게 될 때가 있었어. 어디 오갈 데 없는 연인들이 거기서 만났거든. 그거 알았니?"

"음, 기억 안 나는데."

"기억이 안 나? 유적지도 보고 밤바람도 쐰다고 막 어두워진 후에 나갔다가 독감 걸린 게 기억 안 난다고? 달 뜨는 거 보러 간다고 했었다며. 사람들이 늘 네가 그것 때문에 아팠다고 말하던데."

잠시 아무 말이 없다가 앤슬리 부인이 다시 말을 이었다. "그랬어? 모두 오래 전 이야기야."

"맞아. 그때 네가 곧 나았기에 망정이지, 안 그랬음 네 친구들이 무척 곤란했을 거야. 자기들 때문에 네가 아팠다고 생각했을 거잖아. 다들 네가 목을 조심해야 한다는 걸 알았고, 너희 엄마도 신경을 많이 썼으니까. 넌 그날 늦게까지 구경하느라 밖에 있었어."

"아마 그랬겠지. 아무리 신중한 아가씨도 항상 뭘 조심할 수는 없잖아. 근데 왜 지금 그 생각이 났어?"

슬레이드 부인은 선뜻 대답을 못했다. 그러다 잠시 후 말을 터트렸다. "이제 더는 참을 수 없어서!"

앤슬리 부인이 재빨리 고개를 들었다. 동그래진 눈이 창백했다. "뭘 못 참겠다는 거야?"

"왜냐고? 넌 모르지, 네가 거기 간 이유를 내가 첨부터 알고 있었단 걸."

"내가 간 이유?"

"그래, 넌 내가 지금 횐소리 한다고 생각하니? 넌 내 약혼자를 만나러 갔어. 내가 널 거기 가게 만든 편지의 내용을 조목조목 읊어볼까?"

슬레이드 부인이 말을 하는 동안 앤슬리 부인은 비척비척 자리에서 일어났다. 가방과 뜨개질감과 장갑이 바닥으로 미끄러져 쌓였다. 그녀는 친구를 귀신 보듯 쳐다보았다.

"아니, 아니야! 말하지 마." 앤슬리 부인이 더듬거리며 말을 막았다.

"왜? 내 말 못 믿겠으면 들어봐. '오, 그대여! 일이 이렇게 돌아가선 안 됩니다. 당신을 따로 봐야겠소. 내일 해 지자마자 콜로세움으로 오시오. 당신을 들여보내줄 사람이 있을 거요. 당신이 두려워할 만한 사람은 아무도 이 일을 모를 거요.' 자, 이런 편지 내용을 넌 잊어버렸니?"

앤슬리 부인은 뜻밖에도 담담한 얼굴이었다. 의자에 몸을 기댄 후 친구를 보고 말했다. "아니, 나도 훤히 기억하고 있어."

"서명도 기억하지? '당신만의 D.S.' 그거였지? 내 말 맞잖아. 넌 그 편지를 받고 그날 저녁 어두워진 후에 밖으로 나갔어."

앤슬리 부인이 계속 친구를 쳐다보았다. 슬레이드 부인의 눈에는 앤슬리 부인이 겉으로는 침착한 척하고 있지만 속으로는 상황을 애써 견디는 것으로 보였다. '그래, 완벽하게 아닌 척할 수야 없겠지.' 슬레이드 부인은 생각만으로도 분했다. 그때 앤슬리 부인이 말했다. "그걸 네가 어떻게 알아? 편지는 받은 즉시 태워버렸는데."

"그랬겠지, 당연히 그랬을 거야. 넌 아주 신중하니

까!" 이제 대놓고 비웃었다. "네가 편지를 태워버렸는데 내가 도대체 편지의 내용을 어떻게 알까 싶지? 안 그래?"

슬레이드 부인은 답을 기다렸지만, 앤슬리는 아무 말도 하지 않았다.

"친구야, 그 편지는 바로 내가 썼어."

"네가 썼다고?"

"그래."

두 여인은 마지막 석양을 받으며 잠시 서로를 노려보았다. 그러다 앤슬리 부인이 의자에 털썩 주저앉았다. "아." 부인이 손으로 얼굴을 감쌌다.

슬레이드 부인은 친구의 다른 말이나 행동을 초조하게 기다렸다. 아무 반응이 없자 마침내 그녀가 말했다. "소름끼치지?"

앤슬리 부인의 손이 무릎께로 툭 떨어졌다. 그 바람에 드러난 얼굴은 눈물범벅이었다. "너 때문이 아니야. 그게 그이에게서 받은 유일한 편지였는데!"

"그런데 내가 썼어. 그 편지를 내가 썼다고! 난 그 사람 약혼녀였어. 기억이나 했니?"

앤슬리 부인이 머리를 아래로 떨어뜨렸다. "변명 따윈 하지 않을게… 난…."

"거기엘 갔었니?"

"응, 갔었어."

슬레이드 부인이 옆에서 고개를 숙이고 앉은 작은 여인을 내려다보았다. 분노의 불길이 꺼지고 나니 자신이 왜 친구에게 그렇게 의미 없는 상처를 주어 만족을 얻으려 했는지 궁금할 따름이었다. 그러나 내친 김에 스스로를 정당화해야 했다.

"너 이해하니? 난 네가 싫었어. 진짜 싫었다고. 네가 델핀과 좋아하는 사이란 걸 알았어. 그래서 두려웠어. 네가 무섭고, 조용조용하면서도 사람을 사로잡는 방식도, 네 다정함도, 네… 그래서 내 눈앞에서 네가 사라지길 바랐어. 그게 다야. 단 몇 주라도. 내가 그 남자에게 확신이 들 때까지만. 그래서 분노에 눈이 멀어 그 편지를 썼어…. 내가 왜 지금 너한테 이 얘기를 하는지 모르겠다."

앤슬리 부인이 천천히 말했다. "아마 나를 계속 미워했기 때문이겠지."

"그럴지도 모르지. 아니면 이젠 모든 걸 떨쳐버리고 싶거나…." 슬레이드 부인이 잠시 말을 멈췄다. "네가 편지를 없애버렸다니 다행이야. 당연한 말이지만, 난 네가 죽을 거라고는 생각 안 했어."

앤슬리 부인이 다시 아무 말도 하지 않자, 친구 위로 몸을 숙이고 있던 슬레이드 부인은 인간으로서의 따뜻한 교감이 아예 끊긴 듯한 이상한 고립감을 느꼈다. "너 나를 괴물이라 생각하는구나!"

"글쎄, 내가 받은 유일한 편지였는데, 그 사람이 쓴 게 아니라며?"

"아, 어쩜 넌 아직도 그 사람을 좋아하는구나!"

"그 추억을 아끼는 거지." 앤슬리 부인이 말했다.

슬레이드 부인은 계속 친구를 내려다보았다. 친구는 아침에 잠에서 깨자마자 바람이 단숨에 먼지를 쓸어가듯 순식간에 몸이 쪼그라든 것처럼 초라해보였다. 그걸 보니 질투심이 되살아났다. '그 오랜 세월을 편지 한 통에 기대어 살았던 거야? 재만 남은 추억까지 저리 아낀다면 도대체 그 남자를 얼마나 사랑했단 말이야! 친구의 약혼자를. 진짜 괴물은 그레이스 앤슬리, 바로 너야!'

"넌 그이를 나한테서 뺏으려고 안간힘을 썼잖니, 안 그래? 그런데도 실패하고 말았어. 결국은 내가 그이를 차지했지. 그게 다야."

"그래. 그뿐이지."

"얘기하지 말 걸 그랬다. 놀라겠다 싶었지만 이렇게

반응할 줄은 몰랐어. 네 말처럼 모두 까마득한 옛날이야 긴데 이렇게 심각하게 받아들일 줄 내가 상상이나 했겠어? 안 그래? 넌 그 후 2개월 만에 호러스 앤슬리와 결혼 해버렸잖아. 네가 회복되자마자 너희 엄마가 널 플로렌 스로 데리고 가선 결혼시켜버리셨어. 사람들이 모두 얼마나 놀랐다고! 번갯불에 콩 볶듯 일이 치러져서 모두 어리둥절해 했어. 그래도 나는 알 것 같았지. 홧김에 델핀과 나보다 먼저 결혼해버리려 했다고 말이야. 철없을 때는 정말 중요한 일에 그런 말도 안 되는 이유를 갖다 대잖아. 어쨌든 그렇게 빨리 결혼하는 걸 보니 크게 신경쓰지 않나보다 했지."

"그랬을 수도 있어." 앤슬리 부인이 그 말에 동의했다.

머리 위 깨끗한 하늘에서 금빛이 모두 사라졌다. 갑자기 땅거미가 내려 세븐 힐스가 어두워졌다. 발치 여기저기서 나뭇잎 사이로 불빛이 반짝이기 시작했다. 테라스에 사람들의 발소리가 다시 오갔고, 웨이터들이 계단 위에서 출입구를 내다보더니 곧 쟁반과 냅킨과 와인 병을 들고 나타났다.

테이블이 옮겨지고 의자가 펴졌다. 줄에 매달린 희미

한 전등불들이 깜빡거리다 꺼졌다. 별안간 코트를 입은 뚱뚱한 여자가 나타나 어색한 이탈리아어로 혹시 찢어진 여행 안내서를 묶었던 밴드를 보았느냐고 물었다. 여자가 웨이터들의 도움을 받아 자기가 먹은 테이블 아래를 막대기로 쑤셔댔다.

슬레이드 부인과 앤슬리 부인이 앉은 구석자리는 여전히 어슴푸레하고 한적했다. 한동안 둘은 말이 없었다. 마침내 슬레이드 부인이 다시 말을 시작했다. "난 장난으로 그랬어!"

"장난?"

"음, 아가씨들이 간혹 표독스러워질 때가 있잖아. 사랑에 빠진 아가씨들은 특히 더 그렇지. 난 네가 어두운 데 숨어서 지나가는 사람들 하나하나에 신경쓰면서 혼자 기다리는 장면을 상상하며 저녁 내내 웃었어. 그런데 나중에 네가 많이 아프다는 소리를 듣고는 마음이 몹시 안 좋았어."

앤슬리 부인이 한참 동안 미동 없이 앉아 있었다. 그러다 친구 쪽으로 서서히 몸을 틀었다. "아니, 난 기다리지 않았어. 그 사람이 모든 걸 알아서 했으니까. 거기 왔었어, 그 사람. 그래서 바로 안으로 들어갔어."

슬레이드 부인이 기댔던 몸을 퍼뜩 일으켜 세웠다. "델핀이 거기 갔었다고? 그래서 안으로 들어갔다고? 아냐, 거짓말!" 부인이 화가 나서 버럭 소리를 질렀다.

이번에는 앤슬리 부인이 까랑까랑한 목소리로 말했다. "그래, 그이가 왔어. 당연한 거 아냐?"

"왔어? 널 거기서 만나게 될 줄 어떻게 알았대? 말이 안 되잖아!"

앤슬리 부인이 잠시 생각을 정리하느라 머뭇거렸다. "내가 편지에 답장했거든. 거기 가겠다고 했어. 그러니 그 사람이 왔지."

슬레이드 부인이 두 손을 얼굴께로 쳐들며 어이없어 했다. "맙소사, 답장을 했어? 네가 답장할 줄은 생각도…."

"편지 쓰면서 왜 그런 생각은 못 했니?"

"난 그때 화가 나서 제정신이 아니었어."

앤슬리 부인이 자리에서 일어나 털목도리를 끌어당겼다. "여기 춥다. 이제 그만 가자. 미안해." 그렇게 말하며 목도리를 둘렀다.

뜻밖의 말에 슬레이드 부인도 당황해서 가방과 옷을 챙겼다. "그래, 가는 게 좋겠다. 근데 왜 네가 나한테 미안하지?"

앤슬리 부인이 시커먼 콜로세움에서 친구에게로 눈길을 돌렸다.

"난 그날 밤 전혀 기다리지 않았으니까."

슬레이드 부인이 어이없는 웃음을 웃었다. "그래, 내가 졌다. 하지만 내가 널 못마땅해 하면 안 되겠지. 벌써 오래 전 일인걸. 결국, 모든 걸 다 가진 사람은 나야. 난 25년 동안 그이를 가졌고, 네겐 그이가 쓰지도 않은 편지 한 통 빼고는 아무것도 없으니까."

앤슬리 부인이 다시 침묵했다. 이윽고 테라스 문 쪽으로 한 걸음 내딛더니 뒤를 돌아 친구를 마주했다.

"나한텐 바바라가 있어." 그렇게 말하고는 슬레이드 부인을 앞질러 계단을 향해 걸어가기 시작했다.

다른 두 사람

1

웨이손은 거실 난롯가에서 아내가 저녁 먹으러 내려오기를 기다리고 있었다.

한 지붕 아래서 부부로 보내는 첫날밤이었고, 놀랍게도 웨이손은 소년처럼 불안하고 설레었다. 아내의 말대로 그는 안경 때문에 서른다섯은 더 되어 보였지만, 실제로 그 정도 나이는 아니었다. 그러나 스스로 이미 절제할 수 있는 연령에 들어섰다고 여겼다. 그런데 지금 그는 결혼 축하 화환으로 장식된 쾌적한 방에서 맛난 저녁 식사를 즐기는 내용의 오랜 시구(詩句)를 떠올리면서, 그것이 상징하는 모든 것을 떨리는 심정으로 상상해가며 아내의 발소리가 들리기를 기다리고 있었다.

웨이슨 부부는 신혼 여행 도중에 부인의 첫 남편과의 자식인 릴리 해스켓이 아프다는 소식을 듣고 서둘러 돌아왔다. 릴리는 웨이슨의 바람대로 엄마가 결혼하는 날 양부의 집으로 거처를 옮긴 상태였다. 부부가 집에 도착하자 의사는 릴리가 장티푸스에 걸렸지만 증상이 그다지 위중하지는 않다고 보고했다. 아이가 12년 동안 무탈하게 잘 지낸 것처럼 이 병도 가볍게 지나갈 거라고도. 의료진의 확신에 찬 진단 덕분에 웨이슨 부인도 곧 놀란 가슴을 진정했다. 아내는 릴리를 매우 사랑했고, 웨이슨의 눈에는 아이를 향한 아내의 애정이 결정적인 매력으로 보였다. 아내는 완벽한 균형 감각을 가지고 있었고 그것이 아이에게도 고스란히 이어졌는지 둘은 쓸데없는 걱정으로 티슈를 낭비하는 법이 없었다. 그러므로 웨이슨은 아내가 릴리를 마지막으로 한 번 더 들여다보느라 조금 늦어지고 있지만 어느 정도 건강을 되찾은 아이의 이마에 굿나잇 키스를 해주고 나면 평화롭고 차분한 분위기로 방에 들어서리라 기대했다. 그 모습을 상상하니 마음이 편안해졌다. 아내가 아이의 침대 위로 몸을 숙이는 장면을 떠올렸다. 아내는 존재만으로도 아픈 사람에게 큰 위로가 될 것이고, 환자는 아내의 발소리만 들어도 병이 뚝딱 나을 것 같았다.

웨이손은 환경보다 기질 탓에 우울한 삶을 살았고, 그래서인지 여성들이 대개 활동성이 떨어지거나 혹은 과해지기 쉬운 나이에도 싱싱하고 탄력적인 상태를 유지하는 아내가 마음에 들었다. 그는 사람들이 그녀에 관해 어떻게 떠들어대는지 알고 있었다. 그녀처럼 인기가 많은 인물에게는 비난 비슷한 부정적인 기류가 있게 마련이니까. 10년쯤 전에 거스 배릭이 피츠버그인지 우티카인지 하여튼 그 어딘가에서 아직은 해스켓 부인이었던 그녀를 찾아내어 뉴욕으로 데리고 왔을 때, 사교계가 겉으로는 그녀를 받아들였지만 자신들과 다르리라는 의혹의 눈길을 거두지는 않았다. 그러다 곧 그녀가 사교계를 주름잡는 집안 출신이고, 열일곱에 저지른 사랑의 도피가 최근에 이혼으로 이어졌다는 사실이 밝혀졌다. 해스켓 씨에 관해서는 알려진 바가 없었으므로 사람들은 즉각 그에게 이혼의 책임을 돌렸다.

앨리스 해스켓은 거스 배릭과 재혼함으로써 소원대

로 인정받는 조직에 들어가는 통행권을 거머쥐었고, 배릭 부부는 이후 몇 년 간 인근에서 가장 유명세를 치르는 커플이었다. 불행히도 그들의 동맹은 강력했지만 짧았고, 이번에는 남편을 옹호하는 사람들이 많았다. 그러나 배릭을 변함없이 지지하는 사람들조차도 그가 결혼 생활에는 어울리지 않는 사람이고, 배릭 부인은 뉴욕 사교계의 견제를 감당하느라 힘겨웠음을 인정하는 분위기였다. 뉴욕에서는 이혼 자체가 인증서였고, 배릭 부인은 두 번째 이혼을 하고 과부 신세나 다름없다는 정당성까지 부여받아 자신의 어려운 점을 주변 사람들에게 얼마든지 털어놓을 수 있는 특혜를 누렸다. 그러나 부인이 웨이손과 결혼한다는 소식이 알려지자 즉각적인 반응이 일었다. 친한 친구들은 부인이 장밋빛 얼굴에 상장(喪章)을 두른 것처럼 상처받은 아내로 사는 게 더 나으리라 조언했다. 실제로 좋은 소리를 듣지 못했고, 웨이손 역시 제대로 된 남편 역할을 하리라 기대되지 않았다. 사람들은 웨이손에게 대놓고 고개를 절레절레 내저었다. 두 눈 똑바로 뜨고 제대로 내린 결정이라는 웨이손의 말에 한 친구는 탐탁찮은 어조로 이렇게 말했다. "그래, 눈은 떴을지 몰라도 귀는 닫았겠지."

웨이손은 이런 빈정거림에도 미소 지을 여유가 있었
다. 월스트리트 식으로 말해, 그들을 '평가 절하' 했다. 그
는 사회가 아직 이혼의 중요성에 익숙하지 않으니 적응
될 때까지는 여자들이 법의 허용 범위 내에서 스스로 당
당하게 자유를 누려야 한다고 생각했다. 웨이손은 아내
가 스스로 옳음을 입증해내리라는 무한 신뢰를 보냈다.
웨이손의 기대는 충족되었고 결혼식을 하기 전에 이미
앨리스 배릭의 친지들은 공개적으로 그녀를 지지하고 나
섰다. 그녀는 모든 것을 차분하게 받아들였다. 웨이손은
장애인 줄 모르고 장애를 극복하는 아내의 방식에 놀랐
고, 오히려 자신이 사소한 일에 휘둘리고 있었음을 깨달
았다. 그는 전보다 더 풍요롭고 따스한 분위기에서 위안
을 찾을 줄 알게 되었고, 지금은 만족스러운 상태로 아내
가 릴리에게 해줄 수 있는 것을 다 해주고 나면 기꺼이 내
려와 편히 저녁 식사를 즐기리라고 너그럽게 생각할 수
있었다.

그러나 남편과 마주한 부인의 얼굴은 웨이손의 기대
와 달랐다. 부인은 멋진 이브닝 가운과 어울리지 않게 근
심이 가득한 표정이었다.

"왜? 릴리한테 무슨 일이라도 있었소?"

"아뇨. 방금 들어가봤더니 잘 자고 있어요." 웨이손 부인이 잠시 뜸을 들였다. "좀 골치 아픈 일이 생겨서요."

웨이손이 아내가 마주잡은 두 손을 감싸 쥐자 손 안에 있던 종이가 구겨졌다.

"이 편지 때문이오?"

"네. 해스켓 씨가, 그러니까 그 사람 변호사가 쓴 거예요."

순간 웨이손의 얼굴이 확 달아올랐다. 그가 아내의 손을 놓았다.

"무슨 내용이오?"

"릴리 만나는 문제로요. 아시잖아요, 법원에서…."

"알아요, 알아." 웨이손이 신경질적으로 말을 잘랐다.

뉴욕에서는 해스켓에 관해 아무것도 몰랐다. 그저 아내가 도망쳐 나온 어두운 세계에 그대로 있으리라 막연히 추정될 뿐이었고, 그가 딸아이 가까이 있기 위해 우티카에서 하던 사업을 접고 뉴욕으로 왔다는 사실을 아는 사람도 웨이손을 포함해 몇 명 되지 않았다. 웨이손이 앨리스의 마음을 얻으려 노력하던 시기에, 그는 얼굴에 화색을 띤 채 '아빠를 보러' 가는 릴리와 문간에서 종종 마주치곤 했다.

"미안해요." 웨이손 부인이 웅얼거렸다.

웨이손이 자리에서 일어났다. "그래, 원하는 게 뭐랍니까?"

"릴리를 보고 싶어해요. 당신도 알다시피 릴리는 일주일에 한 번 아빠를 보러 가요."

"이젠 릴리를 데려가고 싶어하지도 않잖소, 아닌가?"

"네. 릴리가 아프다는 소식을 듣고 이리로 오고 싶어해요."

"여기로?"

웨이손이 바라보자 부인이 얼굴을 붉혔다. 두 사람은 서로를 외면했다.

"물론 그럴 권리야 있지만… 당신이…" 부인이 어렵사리 편지를 내밀었다.

웨이손은 거절하듯 옆으로 물러서서 조금 전까지 신혼 분위기를 물씬 풍기게 만들었던 은은한 조명만 망연히 바라보았다.

"정말 미안해요. 릴리를 다른 데 옮길 수 있으면…"

"그건 문제의 핵심이 아니오." 웨이손이 짜증스럽게 맞받았다.

"그렇겠죠."

부인의 입술이 떨리기 시작했고, 웨이손은 자기가 폭력적이라고 느꼈다.

"물론 그 자가 올 수도 있지. 그런데 언제…?"

"내…일 오겠대요."

"알았어요. 아침에 전갈을 해요."

집사가 들어와서 저녁 식사가 준비됐다고 말했다.

웨이손이 아내를 돌아보며 말했다. "갑시다. 많이 피곤할 텐데. 잘 안 되겠지만 애써 잊어봅시다." 웨이손이 아내의 손을 당겨 팔에 끼웠다.

"고마워요, 여보. 노력할게요." 부인이 낮게 속삭였다.

2

다음날 아침, 웨이손은 평소보다 일찍 집을 나섰다. 해스켓은 오후나 돼야 올 테지만 도망치고 싶은 본능이 웨이손을 일찌감치 내몰았다. 그는 종일 밖에 있을 계획이었고 저녁도 클럽에서 먹을 작정이었다. 등 뒤로 문이 닫히자, 그가 다음에 이 문을 통과할 때는 그곳에 들어갈 권리가 충분한 어떤 사내가 문을 지나간 다음이리라는 생각에 몸이 떨릴 정도로 불쾌했다.

웨이슨은 한창 복잡한 시각에 고가 철도를 탔고 사람들 사이에 끼여 구겨져 있었다. 8번가에서 마주 얼굴을 대하고 있던 남자가 몸을 빼 빠져나갔고 다른 사람이 그 자리를 차지했다. 고개를 들어보니 거스 배릭이었다. 과하게 잘생긴 얼굴로 환하게 웃는 배릭을 모른 척하기에는 둘 사이가 너무 가까웠다. 그리고 어쨌든… 피할 이유도 없지 않은가! 둘은 관계가 과히 나쁘지 않았고, 웨이슨이 지금의 아내를 알기 전에 이미 배릭과는 이혼한 상태였다. 두 사람은 혼잡한 기차에 관해 불만을 주고받았다. 마침 자리가 하나 비자 웨이슨은 자기 보호 본능을 발휘하여 배릭 뒤에 있는 빈자리에 미끄러지듯 들어가 앉았다.

배릭이 안도의 한숨을 내쉬었다.

"맙소사, 찌그러지는 줄 알았어요." 배릭이 등을 뒤로 기댄 채 웨이슨을 무심하게 바라보며 말했다. "셀러스가 몸져누웠다니 유감입니다."

"셀러스요?" 웨이슨이 파트너의 이름을 되뇌며 물었다.

배릭이 깜짝 놀랐다. "모르셨습니까?"

"네, 어디 좀 다녀오느라… 어젯밤에 왔거든요." 상대방이 웃을 것 같아 웨이손은 지레 얼굴을 붉혔다.

"아, 맞아. 그랬죠. 이틀 전에 갑자기 아프기 시작했어요. 지금 엄청 상태가 안 좋을 겁니다. 저로선 무척 황당한 게, 마침 셀러스가 아주 중요한 일을 저한테 연결해주고 있었거든요."

"그래요?" 웨이손은 셀러스가 언제부터 '중요한 일들'을 처리했는지 궁금했다. 여태 그는 얕은 투자에만 손을 댔고, 사무실에서는 보통 그런 일에 관여하지 않았다.

두 사람이 가까이 있어서 생기는 긴장을 완화하기 위해 배릭이 아무 말이나 닥치는 대로 하고 있는 건지도 모른다는 생각이 들었다. 그런 긴장이라면 지금 웨이손이 더 심하게 겪고 있었고, 코틀랜드 스트리트에서 아는 사람을 만나자 상대방의 눈에 배릭과 함께 있는 광경이 어떻게 보일지 염려되어 미리 주절주절 변명을 늘어놓기에 바빴다.

"그새 셀러스가 좀 나아졌으면 좋겠습니다." 배릭이 정중하게 말하자 웨이손이 말을 더듬으며 화답했다. "제 제가 혹시 도울 일이 있으면…" 그러고는 지나가는 사람들에 휩쓸려 플랫폼으로 사라졌다.

사무실에 들어가 확인해보니 과연 셀러스가 독감에 걸려 한동안 집에서 꼼짝 못할 지경이라고 했다.

"일이 이렇게 돼서 유감이네, 웨이손." 상사가 특별히 상냥하게 말했다. "셀러스가 지금 같은 때 자네에게 일감을 더 많이 떠맡기게 돼 몹시 속상해했다네."

"아, 괜찮습니다." 웨이손이 서둘러 말했다. 실은 할 일이 더 생긴 것을 은근히 환영했다. 일과를 끝내고 집에 가는 길에 파트너의 집에 들러야겠다고 생각하니 기뻤다.

점심이 늦어져 늘 가던 클럽 대신 가까운 레스토랑에 들렀다. 식당 안은 붐볐고 웨이터가 서둘러 맨 구석에 있는 유일한 빈자리로 그를 안내했다. 처음에는 담배 연기가 자욱해서 주변에 앉은 사람의 얼굴을 식별할 수 없었다. 자리를 잡고 둘러보니 불과 몇 미터 앞에 배릭이 앉아 있었다. 다행히도 이번에는 대화를 나눌 만큼 가깝지 않았고, 마침 배릭도 다른 쪽을 향하고 있어서 그를 보지 못한 것 같았다. 그러나 새삼 자꾸 마주치는 게 우스웠다.

배릭은 사치스러운 생활을 즐긴다는 소문이 있었다. 웨이손은 허겁지겁 음식을 욱여넣으며 상대가 여유롭게 음미하며 식사하는 모습을 부러움 섞인 눈으로 훔쳐보았다. 좀 전에 배릭은 알맞게 녹은 까망베르 치즈 한 점을 천천히 먹고 있었고, 지금은 두 개의 층으로 된 작은 다기를 들어 커피를 커피잔에 따르고 있었다. 그러고는 혈색 좋은 얼굴을 약간 숙인 채 반지 낀 흰 손으로 커피잔 손잡이를 잡고, 다른 쪽 손을 코냑 디캔터로 뻗어 술잔에 코냑을 채운 다음, 한 모금 홀짝인 후 커피잔에 천천히 들이부었다.

웨이손이 배릭을 매료된 듯 바라보았다. 그는 무슨 생각을 하고 있을까. 오로지 커피와 리큐어에만 집중하고 있을까? 얼굴에 나타나듯 그는 그날 아침 웨이손을 만난 것이 전혀 아무렇지 않을까? 전 아내는 이제 그의 삶에 전혀 영향을 미치지 않아서 그녀가 재혼한 지 일주일도 안 돼 전처의 현 남편과 어이없이 마주친 것이 그저 사소한 사건으로 여겨지는 걸까? 이런 생각을 하고 있자니 다른 점까지 신경쓰였다. 그와 배릭이 만난 것처럼 해스켓도 배릭을 만난 적이 있을까? 웨이손은 해스켓을 생각하자 마음이 어지러워져 자리에서 일어난 다음, 놀랄 만큼 차분하게 음식에 집중하는 배릭을 피해 내부를 빙 돌아 레스토랑에서 나왔다.

웨이손은 일곱 시가 넘어 집에 도착했다. 문을 열어준 하인이 그를 이상한 눈으로 쳐다보는 것 같았다.

"릴리 양은 좀 어때?" 웨이손이 서둘러 물었다.

"많이 좋아졌습니다. 그리고 신사분이…."

"발로한테 저녁을 30분 정도 미뤄달라고 해줘." 웨이손이 하인의 말을 자르고 위층으로 서둘러 올라갔다.

웨이손은 아내를 보지 않고 방으로 곧장 들어가 옷을 갈아입었다. 응접실에 가자 아내가 산뜻하고 활기찬 얼굴로 남편을 맞았다. 하루 종일 릴리의 상태가 괜찮았고, 그날 밤에는 의사가 다시 오지 않아도 될 정도라고 했다.

저녁 식사를 하면서 웨이손은 아내에게 셀러스가 아프고, 그에 따라 여러 문제가 발생했다는 얘기를 해주었다. 아내는 주의 깊게 들은 다음 웨이손에게 부디 무리하지 말라고 부탁했고, 그 외 사무실에서 일어난 일에 관해 이것저것 물었다. 그러고는 의사와 간호사가 한 말을 인용하여 그날 하루 릴리의 근황을 읊었고, 누가 병문안을 왔는지 말해주었다. 아내는 더없이 침착하고 평화로워 보였다. 그 순간 웨이손은 아내가 둘이 함께 있어 너무 행복해하고 있다는 생각이 들었고, 아내가 그날 있었던 사소한 일들을 아이처럼 조잘조잘 떠들어대는 게 무척 기뻤다.

부부는 식사를 끝내고 서재에 갔다. 하인이 커피와 리

큐어를 티테이블에 놓아주고 나갔다. 옅은 장밋빛 드레스 차림의 아내가 총각 때부터 있던 남편의 가죽 안락의자에 앉은 모습은 특히나 어리고 연약해 보였다. 하루 전이었다면 웨이손은 아내의 이런 모습에 금세 매혹되었을 터였다.

지금 웨이손은 애써 시가를 고르는 척하며 고개를 돌렸다.

"해스켓은 다녀갔소?" 웨이손이 아내에게 등을 대고 물었다.

"아, 네. 왔었어요."

"물론 당신은 못 봤겠지?"

아내가 잠시 머뭇거렸다. "간호사더러 가보라고 했어요."

그거면 됐다. 더는 물을 필요도 없었다. 웨이손은 시가에 불을 붙이며 아내를 향해 돌아섰다. 음, 이걸로 이번 주는 넘어가는군. 웨이손은 그에 관해서 더는 생각하지 않기로 했다. 아내가 눈웃음을 지으며 평소보다 조금 더 상기된 얼굴로 그를 올려다보았다.

"커피 마실래요, 여보?"

웨이손은 벽난로 앞 장식장에 기대 서서 아내가 커피

주전자 들어올리는 모습을 지켜보았다. 팔찌에 램프 불빛이 반사되어 아내의 부드러운 머리칼을 밝혔다. 몸놀림이 가볍고 유연해서 행동 하나하나가 다음 행동으로 자연스럽게 이어졌다. 그녀는 모든 것이 조화를 이루어 빚어낸 생명체였다. 해스켓에 관한 생각을 떨쳐내자 다시금 아내를 소유한 사람만의 즐거움이 되살아났다. 우아하게 움직이는 흰 손과 옅은 머리칼, 입술과 눈… 모두가 그의 것이었다.

아내는 커피 주전자를 내려놓고 코냑이 담긴 디켄터로 손을 뻗어 리큐어를 잔에 따른 후 눈으로 가늠한 다음 웨이손의 컵에 들이부었다.

웨이손이 갑자기 뜻 모를 탄성을 질렀다.

"왜 그래요?" 아내가 놀라서 물었다.

"아니야, 아무것도. 난 커피에 코냑을 넣지 않는다는 것밖에."

"어머, 내가 이렇게 바보 같다니까요." 아내가 울부짖었다.

남편과 눈이 마주치자 아내가 미안한 듯 얼굴을 붉혔다.

3

열흘 후, 여전히 바깥출입을 못하는 셀러스 씨가 웨이손에게 지나가는 길에 들러달라고 부탁했다.

선임 동료인 셀러스는 꽁꽁 싸맨 발을 난롯불에 가져다 댄 채 쑥스러운 표정으로 웨이손을 맞았다.

"미안해. 날 위해 일을 좀 해줄 수 있는지 물어보려고 와달라고 했어."

웨이손이 아무 말을 하지 않자 셀러스는 승낙한 거라 여기고 말을 이었다. "실은 내가 쓰러졌을 때… 거스 배릭과 관련해 좀 복잡한 일을 막 시작한 참이었어."

"네, 계속 말씀하세요." 웨이손이 셀러스를 안심시킬 요량으로 말했다.

"음… 그러니까 그게, 배릭이 내가 쓰러지기 바로 전날, 날 찾아왔었어. 누군가로부터 내부 정보를 얻어 십만 정도를 벌었더군. 그 돈으로 뭘 하면 좋을지 조언을 구하길래 밴더린과 동업하라고 제안했어."

"오, 이런!" 웨이손이 저도 모르게 소리쳤다. 단박에 돌아가는 정황을 알 수 있었다. 매혹적인 투자 제안이지만 협상이 필요한 일이었다. 셀러스의 설명을 주의 깊게 들은 웨이손이 말했다. "내가 배릭을 만나야 합니까?"

"내가 처리해야 하는데 그럴 수가 없어. 의사가 보통 완고한 게 아니거든. 이 사안을 더는 미룰 수 없어. 자네한테 부탁하긴 싫지만 사무실에서 듣고 나는 사정을 아는 사람이 달리 없어서 말이야."

웨이손은 말없이 서 있었다. 배릭이 투자에 성공하는 데는 한 푼도 보탤 생각이 없지만, 사무실의 체면이 걸린 문제라 파트너를 도와야 할 형편이었다.

"네, 알겠습니다. 그러죠."

그날 오후 배릭이 사무실을 방문했다. 응접실에서 배릭을 기다리며 웨이손은 다른 사람들이 이 광경을 어떻게 생각할지 궁금했다. 웨이손 부부가 결혼할 때 신문들은 앞다투어 웨이손 부인의 이전 결혼에 관해 시시콜콜 기사로 실었다. 덕분에 웨이손은 사무실에 들어설 때마다 직원들이 등 뒤에서 자신을 비웃는 것만 같았다.

배릭은 처신이 깔축없는 사람이었다. 품위 없는 행동은 전혀 하지 않아 웨이손에게는 오히려 깊은 인상을 주는 편이었다. 배릭은 사업적인 머리가 없는 편이라 웨이손이 거래에 관한 세부 사항을 꼼꼼하고 정확하게 설명해야 해서 대화는 거의 한 시간이나 이어졌다.

배릭이 자리에서 일어나며 말했다. "정말 감사합니다. 사실 저는 이렇게 큰돈을 처리하는 데 익숙하지 않습니다. 그래서 바보 같은 짓을 하지 않으려고…." 배릭이 싱긋 웃는데 웨이손은 그의 얼굴에서 유쾌한 기운을 발견하고 말았다. "현금이 있어서 당장 대금을 치를 수 있다는 게 저로서는 대단히 이상한 일입니다. 몇 년 전이었다면 제 영혼을 팔아야 했을 거예요!"

웨이손은 배릭이 무슨 암시를 하는 건가 싶어 움찔했다. 배릭이 이혼한 결정적인 이유 중 하나가 돈이 없어서란 루머를 들었기 때문이었다. 그러나 방금 배릭이 한 말은 전혀 의도된 것 같지 않았다. 오히려 곤란한 주제를 피하려는 열망 때문에 그런 말까지 한 듯했다. 웨이손은 예의에 관해서라면 전혀 뒤처지고 싶지 않았다.

"우리가 할 수 있는 최선을 다하겠습니다. 투자하시길 참 잘하셨어요."

"아, 그렇죠? 정말 감사합니다…." 배릭이 난처한 듯 갑자기 말을 끊었다. "이제 일이 해결된 것 같습니다만…

만약…."

"셀러스가 낫기 전에 무슨 일이 생기면 다시 뵙도록 하죠." 웨이손이 나직이 말했다. 결국 자신이 배릭보다는 더 침착해 보이는 것 같아 기뻤다.

릴리의 병은 순조롭게 낫고 있었고, 날이 갈수록 웨이손도 해스켓이 매주 방문한다는 사실에 익숙해졌다. 처음 방문일에는 늦게까지 밖에 있었고, 집에 돌아와서도 해스켓의 방문에 관해 아내에게 묻곤 했다. 아내는 조금도 망설이지 않고 대답해주었다. 큰 고비가 지나갈 때까지는 아이가 있는 방에 아무도 들이지 말라는 의사의 권고에 따라 해스켓도 아래층에서 간호사만 만나고 갔다고.

다음 주에 웨이손은 그날이 또 돌아왔다는 사실을 인식했지만, 저녁을 먹으러 집에 돌아올 무렵에는 그 사실마저도 잊었다. 다시 며칠 후 갑자기 열이 내리며 아이의 병은 크게 호전되어 위험한 상황에서 벗어났다. 웨이손은 이제 해스켓 생각은 하지 않아도 된다는 생각에 너무 기쁜 나머지, 어느 날 오후 현관 열쇠로 문을 열고 집 안으로 들어간 다음 홀에 있는 낡은 모자와 우산을 확인도 하지 않고 바로 서재로 향했다.

서재에는 회색 턱수염이 듬성듬성한 작고 보잘것없

는 남자가 의자 모서리에 앉아 있었다. 웨이손은 아마 피아노 조율사이거나 가정용 기계류를 고치기 위해 급히 소환된 유능한 기사일 거라고 생각했다. 그는 금테 안경 너머로 웨이손을 바라보더니 눈을 깜빡이며 부드럽게 말했다. "웨이손 씨죠? 저는 릴리의 아버지입니다."

웨이손의 얼굴이 확 달아올랐다. "아…" 불편한 듯 말을 더듬다가 무례해 보이기는 싫어서 일단 뒷말을 끊었다. 그러면서 속으로는 아내의 후일담으로 형성된 해스켓의 이미지와 눈앞에 있는 사람을 접목해보려 노력했다. 웨이손은 앨리스의 첫 남편이 무척 폭력적이라고 각인해둔 터였다.

"폐를 끼쳐서 죄송합니다." 해스켓이 급하게 다시 예의를 차려 말했다.

"아니오, 괜찮습니다." 웨이손도 정신을 가다듬으며 말했다. "간호사한테 오셨다고 기별을 넣었습니까?"

"네, 그런 줄 알고 기다리고 있습니다." 해스켓이 체념한 듯 말했다. 마치 산전수전 겪다보니 본연의 저항력이 다 꺾인 사람 같았다.

웨이손은 안절부절못한 채 장갑을 벗으며 문간에 서 있었다.

"너무 오래 기다리시게 하는군요. 제가 가서 간호사를 불러오겠습니다." 웨이손이 말하고는 문을 열다 말고 어렵사리 말했다. "릴리가 많이 좋아져서 다행입니다." 무심코 튀어나온 말이라 웨이손은 움찔했지만, 해스켓은 알아채지 못한 것 같았다.

"고맙습니다, 웨이손 씨. 저로서는 불안한 시간이었습니다."

"아, 그러시죠. 이제 다 지나갔습니다. 곧 아빠한테 갈 수 있을 겁니다." 웨이손이 고개를 끄덕이고는 밖으로 나갔다.

웨이손은 방에 들어가 끙끙대며 침대에 엎어졌다. 인생의 기이한 우연에 이토록 예민하게 반응하는 자신의 허약한 감수성이 싫었다. 결혼할 때 이미 아내의 전 남편 둘이 살아 있어서 언제든 서로 만날 수 있다는 걸 모르지 않았다. 그런데도 그는 그들이 만나 생길 어려움을 법이 알아서 제거해줬어야 하는데 그렇지 않은 것처럼 해스켓과의 짧은 만남에 그처럼 불편해 하고 있었다.

웨이손은 벌떡 일어나 초조한 듯 방을 서성대기 시작했다. 배럭과 두 번 만났지만 그때는 이것보다 훨씬 괴로움이 덜했다. 그러나 자신의 집에서 해스켓과 마주한 상황은 실로 견디기 어려웠다. 그는 복도에서 울리는 발자국 소리를 들으며 우두커니 서 있었다.

"이쪽으로 오시죠." 간호사의 목소리가 들렸다. 해스켓이 집의 구석진 곳이 아니라 열린 통로를 통해 당당히 위층으로 안내되었다. 웨이손은 다시 의자에 푹 주저앉아 멍하니 앞을 응시했다. 화장대 위에는 처음 아내를 만났을 때 찍은 사진이 놓여 있었다. 그때 아내는 앨리스 배릭이었고, 정말 멋지고 아름다웠다. 앨리스의 목에는 배릭이 준 진주 목걸이가 걸려 있었다. 웨이손과 결혼하기 전에 그 목걸이는 다시 배릭에게 돌아갔다. 갑자기 해스켓도 앨리스에게 장신구를 주었을지, 그랬다면 그것들은 지금쯤 어떻게 되었을지 궁금했다. 문득 해스켓의 과거나 현재에 관해 아는 게 거의 없다는 사실을 깨달았다. 그저 남자의 외모와 말하는 태도로 앨리스의 첫 번째 결혼 생활을 신중하게 재구성해볼 수밖에 없었다. 그리고 불현듯 앨리스가 자신과는 확연히 다른 여러 단계를 거치며 살아왔다는 생각이 들어 크게 놀랐다. 배릭의 결점이 무엇이었든 간에 전통적으로나 관습적인 면으로 보아 그는 신사였다. 그리고 이상할 수 있겠지만, 웨이손에게는 배릭의 그런 면이 아주 중요하게 여겨졌다. 웨이손과 배릭은 같은 사회적인 습관을 가졌고, 같은 언어를 말했으며, 같은 고사성어를 이해했다. 그렇다면 또 다른 이 남자는…. 해스켓이 고무줄로 연결된 나비넥타이를 착용했다는 점이 웨이손에게는 상당히 기이해보였다. 그런 사소하고 우스꽝스러운 것으로 사람의 전체를 파악하면 안 되는데도 웨이손은 자신의 편견을 과장했고, 결국 그것이 큰 힘을 발휘하게 해서 앨리스의 과거를 가늠하는 열쇠로 만들어버렸다. 웨이손은 해스켓 부인인 아내를 상상했다. 그녀는 자동 피아노와 고급스러운 플러시 천으로 장식된 응접실에 앉아 있으며, 객실용 테이블에는 《벤허》가 한 권 놓여 있다. 그녀는 해스켓과 영화를 보러 가거나, '교회 친목 모임'에도 간다. 아내는 챙 넓은 모자를 썼고, 해스켓은 고무줄로 연결된 나비넥타이를 매고 약간 구겨진 검은색 프록코트를 입었다. 집으로 돌아가는 길에 그들은 밝은 유리 진열장 앞에 멈춰 서서 뉴욕 여배우들의 사진을 들여다본다. 일요일 오후에는 릴리가 탄 흰색 에나멜 유모차를 밀며 함께 산책한다. 사람들을 만나면 걸음을 멈추고 반갑게 대화한다. 뉴욕 패션 잡지가 조언한 대로 세련되게 마름된 드레스를 입은 앨리스는 분명 너무나 아름다웠을 것이다. 그녀의 삶에 짜증을 내는 뭇 여인들을 아래로 내려다보며 자신은 저 높은 곳에 있다는 은밀한 기쁨을 누렸을 것이다.

이제 웨이손은 앨리스가 해스켓과의 결혼 생활에 어떤 의미를 부여했는지가 가장 궁금했다. 아내는 여태 몸짓, 어조, 암시 등 모든 것을 동원하여 그 시기를 부정해왔던 것 같다. 아내가 해스켓과의 결혼을 부정했던 이유는 그의 아내였던 사실을 지우고 싶어서가 아니라 다른 사람들이 자신을 겉과 속이 다른 사람으로 판단할까봐 두려워서가 아니었을까!

웨이손은 왜 갑자기 그녀의 동기를 분석하는지 스스로 점검하기 시작했다. 무슨 권리로 그녀에 대한 허상을 만들어 판단을 가하는가? 아내는 자신의 첫 번째 결혼이 불행했다고, 해스켓이 그녀의 철없는 환상을 짓밟았다고 어렴풋이 말했었다. 해스켓이 전혀 해롭지 않은 사람일 것 같다는 새로운 시각이 새삼 웨이손의 마음을 편치 않게 했다. 남자라면 차라리 아내가 전 남편에게 학대받은 편이 반대의 경우보다 더 수용하기 편할 것 같았다.

"아, 잘 지냈어요?" 앨리스가 유쾌한 어조로 인사를 건네는 소리가 들렸다.

4

"웨이슨 씨, 전 릴리의 프랑스인 가정 교사가 맘에 들지 않습니다."

해스켓이 서재에 있는 웨이슨 앞에 와서 미안한 표정으로 낡은 모자를 손에 쥐고 안절부절못하며 말했다.

안락의자에 앉아 석간신문을 읽던 웨이슨이 깜짝 놀라 어리둥절한 표정으로 방문객을 쳐다보았다.

"무례함을 용서하십시오. 이번이 마지막 방문이고, 웨이슨 씨와 직접 얘기할 수 있다면 따로 변호사에게 편지를 쓰지 않아도 될 것 같아서요."

웨이슨이 불편한 듯 자리에서 일어났다. 그 역시 프랑스인 여교사가 마음에 들지 않았지만, 지금 그건 문제가 되지 않았다.

웨이슨이 뻣뻣하게 대답했다. "전 잘 모르겠습니다만, 원하시니 그 말을… 내 아내한테 전해드리죠." 그는 해스켓에게 말할 때마다 '내 아내'라고 말하기가 주저되었다.

해스켓이 한숨을 쉬었다. "그게 도움이 될지 모르겠습니다. 제가 말했는데 별로 좋아하는 기색이 아니라서요."

웨이손의 얼굴이 붉어졌다. "아내를 언제 만나셨습니까?"

"릴리를 만나러 온 첫날 이후로는 못 봤습니다. 그러니까 아프고 난 직후지요. 그때 가정 교사가 마음에 들지 않는다고 말했었습니다."

웨이손은 대답하지 않았다. 첫 방문 후 그가 아내에게 해스켓을 만났느냐고 분명 물어봤었다. 그때 아내는 만나지 않았다고 거짓말을 했지만, 그 후로는 자신의 바람을 존중해주었다는 게 확인됐다. 딱 한 번 거짓말을 했는데 웨이손은 아내를 계속 삐딱하게 봐왔던 거였다. 만약 그가 분명히 의사를 밝혔다면 아내는 첫날에도 해스켓을 만나지 않았을 것이다. 사실 웨이손은 아내가 현 남편이 전 남편 만나는 것을 당연히 싫어하리라는 생각을 하지 못했다는 사실이 아내가 거짓말을 한 것보다 더 불쾌했었다.

"전 그 여자가 싫습니다." 해스켓이 약간 고집스럽게 같은 말을 반복했다. "여자가 솔직하지 않아요, 웨이손

씨. 그런 사람은 아이에게 부정적인 영향을 미칠 수 있습니다. 벌써 릴리한테 변화가 느껴져요. 늘 불안해하고 만족을 모릅니다. 거짓말을 할 때도 있어요. 예전에는 너무 고지식한 게 오히려 탈인 아이였습니다, 웨이손 씨…." 해스켓은 목이 메는지 말을 끊었다. "물론 아이가 좋은 교육을 받는 게 싫지는 않지만…."

웨이손은 그의 말에 감동했다. "죄송합니다, 해스켓 씨. 하지만 솔직히 제가 뭘 할 수 있을지 잘 모르겠습니다."

해스켓이 잠시 주저하더니 테이블에 모자를 내려놓고 웨이손이 서 있는 난로 앞으로 다가왔다. 전혀 공격성은 없었지만, 심약한 남자가 마음을 단호하게 먹을 때의 엄숙함이 서려 있었다.

"해주실 수 있는 일이 딱 한 가지 있습니다. 법령에 따라 제게도 릴리의 양육에 목소리를 낼 수 있음을 당신 아내에게 상기시켜 주십시오." 해스켓이 잠시 후 애원하듯 말을 이었다. "제 권리 행사에 관해 주장하는 게 아닙니다. 생각해보면 사람은 얼떨결에 권리를 부여받는 경우가 많은 것 같습니다. 하지만 아이에 관한 문제는 다르잖습니까. 제가 그렇게 만들지도 않았고, 그럴 의도도 없었습니다."

이 장면은 웨이손을 심하게 흔들어놓았다. 여태도 간접적으로 해스켓을 탐색한 결과 모두 우호적인 것뿐이었다. 이 작은 남자는 딸애의 곁에 있고자 우티카에서 하던 잘나가던 사업을 접고 뉴욕으로 와서 건축 회사 서기가 되었다. 허름한 곳에 살았고 아는 사람도 거의 없었다. 그의 삶에는 릴리밖에 없었다. 해스켓에 관해 알아가는 과정은 어두운 랜턴을 들고 아내의 과거를 더듬어가는 것과 같았다. 그러나 이제 그는 그의 랜턴으로 밝히지 못하는 후미진 곳이 있음을 알게 되었다. 그는 한 번도 아내의 첫 결혼이 실패한 원인을 구체적으로 캐지 않았다. 표면적으로는 모든 것이 명료했으니까. 이혼을 요구한 쪽은 아내였고, 법원은 아내에게 아이를 맡겼다. 그 판결로 인해 많은 모호성이 묻혀버렸다. 그러나 해스켓에게도 딸에 대한 권리가 주어졌다는 단순한 사실은 염두에 두지 않았다. 웨이손은 이상주의자였다. 어떤 문제에 직면했을 때 그에 따르는 일련의 결과를 볼 때까지는 불편한 사태를 인정하지 않는 경향이 있었다. 이번에도 그렇게 할 수밖에 없었다. 웨이손은 두렵지만 다음날부터 아내 앞에서 이 문제를 직접 언급함으로써 악령을 물리치기로 했다.

해스켓이 요청한 바를 얘기하자 아내는 분노로 얼굴이 붉으락푸르락했다. 그러나 곧 화를 누그러뜨리고 간절한 모성애로 몸을 떨며 말했다.

"그 사람 정말 신사답지 못하네요." 아내가 말했다.

웨이손은 그 말이 거슬렸다. "그건 이것도 저것도 아닌 그저 권리에 관한 문제일 뿐이오."

아내가 웅얼거렸다. "그 사람이 릴리에게 도움이나 될 수 있어야 가능한 말…."

웨이손은 화가 났다. 이 말은 심지어 그의 입맛도 쓰게 했다. "문제는 그 사람도 릴리에게 권리가 있다는 거요."

아내가 앉은 자리에서 몸을 살짝 비튼 뒤 아래쪽을 바라보았다. "난 해스켓을 얼마든지 볼 수 있어요. 당신이 싫어할 것 같아서…." 아내가 끝을 흐렸다.

순간 웨이손은 해스켓의 요구가 어느 정도인지 아내도 안다는 생각이 들었다. 아마 그의 요구를 받아들이지 않은 게 이번이 처음은 아니었을 것이다.

"내가 반대하는 건 그것과는 무관하오." 웨이손이 차갑게 말했다. "해스켓이 상의할 권리가 있으면 당신도 그를 만나 얘기를 해야 하는 거요."

아내가 눈물을 터트렸다. 아내는 그가 자신을 희생자로 봐주기를 기대하는 것 같았다.

해스켓은 자신의 권리를 남용하지 않았다. 그리고 앞으로도 그러지 않으리란 걸 비참하지만 웨이손은 확신할 수밖에 없었다. (그러나 가정 교사가 해고된 후로도 해스켓은 가끔 앨리스와 만나 얘기할 기회를 요청했다.) 아내는 처음 울음을 터트리고 나서는 전처럼 상황을 융통성 있게 받아들였다. 처음 웨이손의 눈에 피아노 조율사로 보였던 해스켓이, 한두 달 후에는 아내로부터 가정사를 잘 아는 사람으로 대접받는 것 같았다. 웨이손은 해스켓이 아버지로서 고집하는 점을 존중할 수밖에 없었다. 처음에는 해스켓이 뭔가 꿍꿍이가 있어 그 집에서 거점을 확보하려는 건지도 모른다고 애써 의심했지만, 그러면서도 마음속으로는 그의 일편단심을 믿었다. 심지어 나중에는 해스켓이 잘만 하면 웨이손 부부에게서 이익을 얻을 수 있는데도 그런 쪽은 안중에도 없는 것 같다는 생각이 들었다. 해스켓의 의도는 순수했고, 급기야 웨이손은 그를 '선임자'로 받아들여야 했다.

셀러스 씨가 통풍을 치료하러 유럽에 가면서 배릭과

의 일이 다시 웨이손에게 맡겨졌다. 협상은 길고도 복잡했다. 때문에 두 사람 사이에는 회의가 잦았고, 웨이손은 회사의 이익 때문에 고객에게 다른 곳으로 사업을 옮겨 가라는 말도 못했다.

배릭은 일처리를 잘해냈다. 휴식 시간에는 거친 면이 드러나기도 했지만(웨이손으로서는 오히려 그가 다정다 감할까봐 두려웠다.) 일만은 확실하고 냉철하게 처리했으며 웨이손의 판단에 아낌없는 찬사를 보냈다. 거래가 순조로우니 남들이 보는 앞에서 서로를 무시하기란 어려운 일이었다. 웨이손의 집 응접실에서 배릭과 아내가 처음 만났을 때도 배릭은 특유의 여유로운 방식으로 관계를 설정했다. 아내가 고마워하자 웨이손도 그에 맞춰줄 수밖에 없었다. 그 후로도 그들은 자주 마주치곤 했는데, 어느 날 저녁 무도회에 참석한 웨이손이 후미진 곳을 걷다가 배릭이 자신의 아내 옆에 앉아 있는 장면을 목격하고 말았다. 아내는 얼굴이 빨개지면서 머뭇머뭇 말을 못했지만, 배릭은 자리에서 일어나지도 않고 웨이손에게 그저 고개만 까딱하며 인사를 건넸다. 웨이손은 아무 일 없었다는 듯 그저 가던 길을 갔다.

집으로 오는 차 안에서 웨이손이 신경질적으로 내뱉

었다. "당신과 배릭이 말하고 지내는 줄 몰랐군."

아내의 목소리가 떨렸다. "처음이었어요. 그 사람이 어쩌다 보니 내 옆에 서 있었어요. 어째야 할지 몰랐다고요. 이렇게 마주치는 게 너무 어색한데… 그 사람이 당신더러 같이 일하기에 참 좋은 파트너라고 하는 바람에…."

"그건 다른 문제지." 웨이손이 말했다.

아내가 잠시 말을 멈추더니 곧 순종적인 모습으로 돌아왔다. "당신이 하라는 대로 할게요. 만나서 말 안 하는 것보단 오히려 덜 어색할 것 같아 그랬을 뿐이니까요."

웨이손은 아내의 나긋나긋함에 질리기 시작했다. 도대체 아내는 자기만의 의지가 없나? 이 남자들과의 관계에 관해 아무 생각도 없다는 말인가? 해스켓을 받아들이더니 배릭도 수용할 작정인가? 아내가 말한 대로 '덜 어색' 하긴 했겠지, 그리고 본능적으로 어려움을 피해가려 했겠지. 그러나 웨이손은 그런 본능이 어떻게 발전하는지 생생하게 보았다. 아내는 '오래된 신발처럼 쉬웠다', 수없이 많은 발이 신어서 편해진 신발. 아내의 유연성은 이런 저런 방향으로 긴장한 결과 생긴 것이었다. 그녀는 각각 차례대로 앨리스 해스켓, 앨리스 배릭, 앨리스 웨이손으로 옮겨가면서 각각의 이름에 자신의 사생활, 성격,

도무지 알 수 없는 내적 자아를 바꿔가며 대처했다.

"그래요. 배럭과 말하는 게 더 좋고말고." 웨이손은
진절머리를 쳤다.

5

겨울이 더디게 흘러갔고 사교계는 웨이손이 배럭을
받아들인 점을 잘 이용해먹었다. 지칠 대로 지친 마나님
들은 사회적 어려움을 뛰어넘은 두 사람에게 감동했고,
웨이손 부인을 훌륭한 취향을 가진 기적적인 인물로 떠
받들었다. 호사가들은 재미 삼아 배럭과 그의 전 아내를
만나게 해주고 싶어했고, 어떤 이들은 배럭이 앨리스 가
까이 가면 흥분한다고 떠들어댔다. 그러나 웨이손 부인
의 행동에는 비난의 여지가 없었다. 배럭을 피하지도, 그
렇다고 굳이 찾지도 않았던 것이다. 웨이손조차 아내가
새로 대두된 사교계의 문제에 대한 해결책을 찾았다고
인정할 수밖에 없었다.

웨이손은 그런 문제에 관해서는 깊이 생각하지도 않

고 앨리스와 결혼했다. 여자도 남자처럼 과거를 그저 지울 수 있다고 믿었다. 그러나 아내는 과거와 연결될 수밖에 없는 상황과 그녀의 천성 둘 다에 지배를 받고 있다는 사실을 알게 되었다. 웨이손은 냉정하게 자신과 다른 두 사람을 비교해보았다. 그는 아내의 성격적인 면을 상당 부분 함께했고, 그의 전임자들은 사업의 파트너였다. 거래를 할 때 감정이 개입됐다면 오히려 일이 힘들어졌을 터였다. 앨리스가 날씨 변하듯 남편을 바꾼다는 사실이 상황을 오히려 평범하게 만들어준 것 같았다. 웨이손은 아내가 어리석은 실수를 하든, 과한 행동을 하든, 해스켓에게 저항하든, 배릭을 따르든, 눈치를 볼 수밖에 없었든 다 용서할 수 있었다. 아내를 보면 칼을 던지는 곡예사 같았지만, 칼날은 무뎠고 그 칼들이 자신을 해하지 않으리라는 사실을 알았다.

그리고 점차 습관도 그의 감수성에 보호막을 형성했다. 웨이손이 조금씩 다른 착각을 하느라 그날 치 평안함을 쓰면 쓸수록 안락함에 대한 가치는 커지고 돈은 덜 중요하게 여기게 되었다. 그는 해스켓과 배릭, 두 사람과 조금씩 가까워졌고, 그 상황을 풍자하는 사소한 복수로 위안을 얻었다. 심지어 그로 인해 발생하는 장단점을 계산해본 끝에 남자를 행복하게 만들 줄 아는 여자를 아내로 가질 기회가 아예 없는 것보다 아내의 3분의 1이라도 차지하는 게 낫지 않을까 자문하기 시작했다. 아내는 이해와 포기와 윤색을 거쳤으며 적절하게 내리비치는 빛과 교묘한 솜씨와 부드러운 그림자로 빚은 예술품 같은 존재였다. 아내는 그 빛을 어떻게 다뤄야 할지 정확히 알았고, 웨이손은 아내가 그런 기술을 얻기 위해 어떤 훈련을 거쳤는지 알 듯했다. 이제 그는 심지어 자신이 어떤 포지션을 취해야 할지 근본부터 찾으려 노력했고, 가정의 행복을 위해 아내가 일궈낸 것들을 이해하려 했다. 앨리스는 해스켓의 평범함을 겪은 후 훌륭한 혈통에 감사하게 되었고, 배릭과 자유롭게 결혼 생활을 유지함으로써 부부 사이의 미덕을 알게 되었다. 웨이손은 이런 상황이 크게 반갑지는 않지만, 적어도 자신의 삶을 편하게 만들어 준 데는 전임자들의 공이 있었다고 인정하게 되었다.

이제 웨이손은 두 남자의 존재를 완전히 수용했다. 시간이 가면서 아이러니한 상황을 견디는 것이 습관이 되었고, 농담도 날카로움을 잃어버렸으므로 이제 더는 두 남자를 비꼬지 않았다. 복도 테이블에 해스켓의 모자가 있어도 입에서 싫은 소리가 튀어나오지 않았다. 해스켓이 릴리를 찾아오는 것이 어린 애가 아버지의 하숙집에 가는 것보다 낫다고 판단했기에 그 장소에서 모자가 발견되는 일이 잦아졌다. 스스로 묵인하에 내린 결정이었지만 조금 걱정은 했는데, 바뀌고 난 다음에도 별 차이가 없어서 웨이손은 오히려 놀랐다. 해스켓은 전혀 눈에 거슬리지 않았고, 간혹 손님들이 계단에서 그를 만나는 경우가 있었지만 해스켓의 정체를 눈치채지 못했으므로 문제되지 않았다. 해스켓이 아내와 얼마나 자주 부딪치는지는 몰라도 웨이손이 해스켓과 접촉하는 경우는 거의 없었다.

그러던 어느 날 오후, 웨이손이 집에 들어서니 릴리의 아버지가 자신을 만나려고 기다리고 있었다. 해스켓은 늘 그렇듯 서재 의자에 앉아 있었다. 웨이손은 해스켓이 의자에 기대 앉지 않는 데 감사했다.

"양해를 바랍니다, 웨이손 씨." 해스켓이 자리에서 일어나며 말했다. "웨이손 부인과 릴리를 보러 왔는데, 부인이 돌아올 때까지 여기서 기다리라고 하인이 안내하는 바람에…."

"네, 괜찮습니다." 그날 아침 갑자기 응접실 어딘가에서 물이 새는 통에 배관공이 와 있으리라 생각하며 웨이손이 말했다.

웨이손이 케이스를 열어 시가 한 대를 꺼내 내밀자 해스켓이 그것을 받아들었고, 이제 그들의 관계는 새로운 국면에 접어든 듯했다. 밤기운이 서늘해서 웨이손은 손님에게 불 가까이 의자를 당겨 앉기를 권했다. 잠시 해스켓만 놔두고 자리를 뜰 핑계를 고민했지만, 너무 피곤하고 추운 데다 이제 그 작은 남자는 전혀 거슬리지 않았기에 그럴 필요가 없었다.

두 사람이 시가 연기에 둘러싸여 있는데 문이 열리더니 배릭이 안으로 들어왔다. 웨이손이 즉시 자리에서 몸을 일으켰다. 배릭이 집에 들어온 것은 그때가 처음이었고 그의 느닷없는 출현에 놀라기도 해서, 한동안 무감각해진 웨이손이지만 신경이 날카로워지지 않을 수 없었다. 웨이손은 아무 말 못 하고 배릭을 바라보았다.

배릭은 뭔가에 정신이 팔려 있어서 웨이손이 당황했다는 사실을 깨닫지 못하는 눈치였다.

"아, 웨이손 씨." 갑자기 배릭이 큰소리로 소리쳤다. "이런 식으로 불쑥 찾아와 죄송합니다. 시내에서 만나려니 시간이 너무 늦어서요. 그래서…" 배릭이 해스켓을 발견하고는 말을 뚝 멈췄다. 그의 듬성듬성한 금발 아래

생기 있던 얼굴이 후끈 달아올랐다. 그러나 곧 마음을 진정시키고 살짝 고개를 숙였다. 해스켓도 말없이 인사했고, 웨이손은 하인이 차를 가지고 들어올 때까지 무슨 말을 해야 할지 몰라 쩔쩔맸다.

하인이 들어오는 소리에 웨이손도 정신을 퍼뜩 차렸다. "도대체 무슨 일이야?" 그가 쏘아붙이듯 말했다.

"죄송합니다, 나리. 배관공들이 아직 응접실에 있어서 마님이 서재로 차를 가져다달라고 하셨습니다." 하인의 지극히 공손한 말투는 웨이손이 합리적으로 생각하는데 도움을 주었다.

"아, 그래?" 웨이손이 한 발 물러서듯 말했고, 하인은 접힌 티테이블을 펼친 후 복잡한 과정을 해나갔다. 이 지루한 과정이 이어지는 동안 세 남자는 미동도 없이 서서 뭔가에 홀린 듯 이를 지켜보았고, 이윽고 웨이손이 침묵을 깨트리고 배릭에게 말했다. "시가 피우시겠습니까?"

웨이손이 좀 전에 해스켓에게 권했던 바로 그 케이스를 내밀자, 배릭이 웃으며 한 대 집어 들었다. 웨이손이 성냥을 찾다가 여의치 않자 자기 시가에서 불을 붙여주었다. 뒤에 있던 해스켓은 잠자코 시가 끝만 바라보다가 이따금 재를 떨 때만 앞으로 몸을 숙였다.

마침내 하인이 나가자 배릭이 바로 말문을 열었다.

"일 얘기를 좀 했으면 하는데…."

"물론이죠. 식당에서…" 웨이손이 더듬거렸다.

문손잡이에 손을 올려놓는데 밖에서부터 문이 벌컥 열리더니 아내가 모습을 드러냈다.

외출복 차림의 아내는 미리 풀어둔 목도리에서 나오는 향기와 함께 상큼한 미소를 머금고 안으로 들어섰다.

"여보, 우리 여기서 차 마실까요?" 그러다 문득 배릭을 본 아내는 놀라움을 억누르며 환하게 웃었다. "어, 웬일이에요?" 분명 기쁜 어조였다.

앨리스는 배릭과 악수하면서 그의 뒤에 서 있는 해스켓을 보았다. 그녀의 얼굴에서 잠시 미소가 사라지는가 했으나 거의 눈에 띄지 않을 정도로 웨이손을 곁눈질하고는 곧 미소를 되찾았다.

"안녕하세요, 해스켓 씨?" 앨리스가 약간은 덜 정중한 태도로 해스켓과 악수를 나누었다.

늘 가장 침착한 배릭이 이유를 설명하기 위해 앞으로 나설 때까지 세 남자는 앨리스 앞에서 어색하게 서 있었다.

"우리… 아니 저는 사업차 잠시 남편분을 만나러 왔

습니다." 배릭이 턱에서 목덜미까지 새빨개져서는 더듬 거리며 말했다.

이번에는 해스켓이 약간 고집스러운 분위기로 나섰 다. "끼어들어 죄송합니다만, 부인은 다섯 시에 약속을 했는데…" 그가 벽난로 앞 장식대 위에 놓인 시계를 가리키며 체념한 듯 말했다.

앨리스는 우아한 접대성 몸짓으로 당황하는 세 남자를 농락했다.

"정말 죄송해요. 제가 항상 늦지요. 하지만 오늘 오후는 정말 멋졌어요." 앨리스가 그 기괴한 상황이 무색하도록 편하고 익숙한 기운을 주변에 퍼트리며 장갑을 끌어당겨 벗은 뒤 품위 있는 태도로 세 남자를 달랬다. "일 이야기 하기 전에 다들 차나 한잔하시죠." 그녀가 밝은 어조로 덧붙인 말이었다.

앨리스는 티테이블 옆에 놓인 낮은 의자에 앉았고, 두 방문객은 그녀의 미소에 홀린 듯 앞으로 걸어가 그녀가 내민 컵을 받아들었다.

그녀가 웨이손 쪽을 흘끗 바라보자 그도 웃으며 세 번째 컵을 집어 들었다.

에이프릴 샤워

"그러나 가이는 뮤리얼의 무덤 위에 핀 제비꽃 아래 그리운 마음을 고이 묻었다."

이 얼마나 아름다운 엔딩인가. 테오도라는 이것의 반 정도도 슬프지 않은 마지막 장면을 읽고도 눈물 콧물 뽑아대는 소녀들을 많이 봤다. 펜을 옆으로 치워놓고 소리 내어 문장을 반복해서 읽은 다음 '휴우' 한숨을 내쉬었다. 그러고는 필명으로 지은 '글래디스 글린'을 마지막 페이지에 써넣었다.

아래층에서 서재 시계가 두 시를 알렸다. 그 둔중한 소리는 마치 침실 바닥을 두드리는 경고음 같았다. 새벽

두 시라니! 일찍 일어나서 조니의 리퍼 재킷에 단추를 달고, 케이트가 등교할 때 대구 간유를 가져가도록 챙기겠다고 엄마와 약속했는데.

소녀는 천천히 그리고 조심스럽게 소설 쓴 종이 500장을 간추린 후 줄리아 이모가 준 파란색 새틴 리본을 꺼냈다. 주일에 새 땡땡이 모슬린 원피스를 입을 때 두르려고 놔둔 리본이지만, 더 귀한 용도에 쓰기로 했다. 리본으로 원고를 감싼 후 선물 포장하듯 예쁘게 묶었다. 테오도라는 리본 묶기를 좋아해서, 만약 소설 쓰느라 시간을 보내지 않았다면 모자나 옷에 리본을 달고 손질하는 데 정성을 쏟았을 것이다. 원고를 마지막으로 훑어본 다음 조심스레 봉투에 넣었다. 내일 아침에 '홈서클'로 보낼 예정이었다. 쟁쟁한 작가들이 투고하는 곳이라 원고가 편집자의 손에 제대로 들어가기도 어렵다는 사실을 알고 있었다. 그러나 지난번에 보스턴에서 온 제임스 삼촌이 한 말에 고무되어 모험을 해보기로 했다.

삼촌은 형인 닥터 데이스에게 브루클린에서 새로 구입한 집 자랑을 늘어놓았다. 제임스 삼촌은 돈이 많아 늘 더 '현대적으로 개선된' 새 집으로 이사를 다녔다. 위생에 관심이 많아서 배관 시설이 잘 된 곳에 큰 가치를 두었다.

"욕실만 해도 돈 가치는 하지." 삼촌이 들뜬 목소리로 떠들어댔다. "세가 좀 비싸긴 해. 하긴 아이가 없어 돈을 저축할 필요가 없으면…" 삼촌이 이것저것 즐비하게 놓인 닥터 데이스의 테이블을 측은한 듯 둘러보며 말을 이었다. "배수 시설이 특 A급인 곳에 사는 게 좋지. 내가 우리 이웃들한테도 늘 하는 말이야. 참, 넌 알 수도 있겠다." 삼촌이 갑자기 테오도라를 보며 빙그레 웃으며 말했다. "젊은 아가씨들은 다 알던데, 혹시 캐슬린 키드라고 들어봤니?"

캐슬린 키드! 유명한 '사회파 소설가'이자, 이전 작가들이 만들어낸 모든 캐릭터를 합한 것보다 더 '유명한 여주인공'을 만들어낸 장본인이며, 《패션과 열정》, 《미국인 공작부인》, 《로나의 반란》을 쓴 저자. 프랑스 메인에서 미국 캘리포니아까지, 뭘 좀 안다는 여자애들 중에 그 이름을 듣고 심장이 뛰지 않을 사람이 과연 있을까?

제임스 삼촌이 말했다. "맞아, 그 캐슬린 키드가 옆집에 살아. 본명이 프랜시스 G. 울럽이고 남편은 치과 의사야. 아주 유쾌하고 사교성 좋은 여자지. 작가라곤 상상도 못할 스타일이야. 처음에 어떻게 글을 쓰기 시작했는지 들어본 적 있어? 나한테 싹 다 얘기해줬는데, 원래는 엄마와 폐병 걸린 여동생을 부양하느라 가게에서 최저 시급을 받으면서 판매원으로 일했대. 그러다 하루는 재미삼아 소설을 써서 '홈서클'에 보냈다는 거야. 물론 출판사에서 그 여자 이름을 들어봤을 리가 없고, 캐슬린도 연락이 올 거라고는 기대도 안 했대. 근데 연락이 온 거야. 출판사에서 그 소설을 출간하기로 했고 그 후로도 계속 소설을 써달라고 부탁했지. 이제는 정기적으로 책을 내는 유명 작가가 됐어. 일 년에 책 써서 벌어들이는 돈이 만 달러도 넘는다지 아마. 우리 둘이 뼈빠지게 벌었답시고 자랑하는 것보다 더 많아, 안 그래, 형? 부디 이 집에서는 그 여자한테 보탬을 주지 않으면 좋으련만." 삼촌이 다시 테오도라 쪽을 바라봤다. "젊은이들에게 허튼 감성을 심어줄까봐 걱정돼. 그건 하수 가스 같은 거야. 딱히 냄새가 나쁘진 않지만 부지불식간에 체계를 오염시켜버리거든."

테오도라는 숨도 제대로 못 쉬고 삼촌의 얘기를 들었다. 캐슬린 키드의 첫 소설을 받아준 곳이 '홈서클'이고, 그 출판사의 요청으로 계속 책을 낸다고! 글래디스 글린이라고 그만큼 운이 없으란 법이 어딨어! 테오도라는 소설을 굉장히 많이 읽었다. 부모님이 아는 것보다 훨씬 더 많이. 그리고 자신이 쓴 소설의 질에 상당히 만족했다. 《에이프릴 샤워》는 경이로운 책이라 믿어 의심치 않았다. 캐슬린 키드만큼 경쾌하진 않을지 몰라도 그 뛰어난 작가는 절대 써낼 수 없는 강렬함이 있었다. 테오도라는 자극적인 소설을 쓰고 싶진 않았다. 그것은 더 가벼운 재주를 가진 사람이 할 일이었다. 테오도라의 목적은 인간의 깊은 본성을 휘젓는 데 있었고, 그런 쪽으로는 꽤 자신 있다고 스스로 판단했다. 나이 어린 소녀가 스스로를 그렇게 평가한다는 자체가 대단한 일이었다. 테오도라는 겨우 열일곱이고, 말은 안 해도 조지 엘리엇이 거의 마흔이 되어서야 유명세를 탔다는 사실에 연민의 마음까지 가지고 있었다.

아니, 《에이프릴 샤워》가 수작이라는 데는 의심의 여지가 없었다. 하지만 졸작이 성공할 기회가 더 많았을 수도 있지 않을까? 테오도라는 유명한 작가들이 초기에는 꽤 고생을 했고, 출판사와 편집자들이 장래가 촉망되는 신인 작가들에게 악의적인 적대감을 보인 경우를 알고 있었다. 그렇다면 불꽃 같은 상상력을 아낌없이 쏟아 부은 위대한 작품은 차기작으로 남겨두고 일반 독자의 수준에 맞춰 책을 쓰는 게 더 현명한 일이 아닐까? 이런 생각은 신성 모독이다! 테오도라는 자기가 신봉하는 성스러운 가치를 내치지 않기로 했다. 대중적인 취향에 영합하려고 작품을 수정하는 비예술적인 편법은 절대 쓰지 않을 것이다. 천박한 성공보다는 차라리 알려지지 않는 아픔을 택하리라. 위대한 작가는 결코 세속적인 인정에 굴하지 않을지니, 테오도라도 안목 없는 대중을 달래겠다는 생각을 버려야 위대한 작가들과 어깨를 나란히 할 수 있다고 여겼다. '원고는 지금 상태 그대로 출판사에 보내져야 한다!'

테오도라는 불안감에 짓눌린 채 화들짝 놀라 눈을 떴다. '홈서클'이 《에이프릴 샤워》를 거절했나? 아니, 그럴 리는 없다. 원고를 아직 부치지도 않았으니. 그렇담, 뭐지? 그때 아래층에서 방정맞은 발소리가 들렸다, 이른바 9시의 난동! 악, 조니의 단추!

테오도라는 침대에서 풀쩍 뛰어내렸다. 조니의 단추로 엄마를 실망시켜 드리지 않겠다고 그렇게 다짐했건만! 급성 관절염으로 고통받는 데이스 여사는 집안일을 맏딸에게 맡길 수밖에 없었다. 테오도라는 솔직히 조니가 단추 정도는 직접 해결하고, 케이트와 버사도 누가 입댈 것 없이 알아서 깨끗하게 씻고 학교에 가줘야 한다고 생각했다. 불행하게도 위대한 소설을 쓰다보면 인생에서 덜 중요한 일에는 시간과 정성을 못 기울이게 마련이라 테오도라는 자주 좋은 의도와는 상관없이 형편없는 결과를 내고야 말았다.

테오도라는 문학적으로 성공하기만 하면 마음을 짓누르는 찝찝함을 다 보상하게 되리라 여기며 죄스러운 마음을 누그러뜨렸다. 책으로 번 돈은 몽땅 가족을 위해 쓸 작정이었다. 이미 엄마에게는 휠체어를, 아버지의 낡은 진료실에는 새 벽지를, 여동생들에게는 자전거를, 그리고 조니에게는 단추 다는 법까지 가르치는 기숙 학교에 입학시키겠다는 계획을 세워두었다. 부모님이 테오도라의 갸륵한 마음을 눈치챘다면 지금처럼 잘못을 책망하지는 않을 것이다. 그리고 오늘같이 특별한 날 데이스 박사가 비꼬는 투로 맥빠지게 이런 말도 하지 않았을 테고.

"아침까지도 무도회에서 못 빠져나올 줄 알았다."

도리에 맞게 행동해야 한다는 신념 덕분에 테오도라는 소설에 무신경한 부모도 존중했다.

"늦어서 죄송해요, 아빠."

책에 등장하는 아버지 같기를 기대하기 어려운 데이스 박사가 짜증스럽게 어깨를 으쓱했다.

"감성이 풍부한 거야 좋다만, 그걸로 엄마의 아침밥을 대신할 수는 없잖니?"

"엄마 밥 아직 안 올라갔어요?"

"가져갈 사람이 누가 있냐? 있다면 알고 싶구나. 딸내미들은 느지막이 내려와서 밥 먹겠다고 앉는 걸 내가 쫓아 보냈고, 조니는 손이 꼭 까마귀 같아서 다시 방에 가 씻고 오라고 했다. 병원 집 애들이 노턴에서 가장 꼬질꼬질하게 하고 다니면 말이 되겠니?"

테오도라는 아침 먹을 엄두도 내지 못한 채 서둘러 엄마의 아침 식사를 챙겼다. 위층 방에 들어가자 데이스 부인이 활짝 웃으며 딸을 맞았는데, 그게 차라리 아버지의 책망보다 더 견디기 힘들었다.

"엄마, 미안…"

"무슨 소리야. 조니 단추 다느라 늦었겠지. 그 녀석은 제 옷도 하나 감당을 못 하니 원!"

테오도라는 아무 말 없이 식판을 내려놓았다. 조니의 버튼 다는 걸 깜빡했다고 말하려면 이유까지 밝혀야 했다. 몇 주 동안은 더 이런 오해를 감내해야 한다. 그러고 나면… 아… 만약 소설이 통과되면 너무나 기쁜 마음으로 이 모든 걸 잊으리라! 그러나 만약 거부된다면? 테오도라는 생각만으로도 실망으로 얼굴이 붉어지는 바람에 몸을 옆으로 돌렸다. 음, 그땐 뭐 현실을 받아들이고 부모님께 용서를 구한 후 찍소리 않고 쓸고 닦는 일에 전념해야겠지.

테오도라는 일단 원고만 보내고 나면 동생들을 돌보고 밀린 수선을 할 시간이 나리라 기대했다. 그러나 계산에 넣지 않은 게 있었다. 출판사에서 보내올 소식을 전해 줄 우편배달부는 하루에 세 번 다녀갔는데, 매번 벨이 울리기 전 한 시간 동안은 너무 긴장이 돼서 아무것도 할 수 없었고, 이후 한 시간 동안은 정신을 잃을 정도로 실망해서 이리저리 돌아다녀야 했다. 동생들을 돌보는 일도 전에 없이 힘들었다. 애들은 늘 싸구려 가구처럼 엉망진창이 되기 일쑤였다. 누가 봤으면 질 나쁜 풀로 딱 붙였다고 할 만큼 하는 짓이 하나같이 형편없었다. 데이스 부인은 조니의 옷차림이 엉망인 것도, 버사의 성적이 좋지 않은 것도, 하물며 케이트가 대구 간유를 가져가지 않은 것도 모두 자신이 아픈 탓이라 한탄했다. 심지어 하루 종일 왕진을 다닌 후 어두침침하고 온기 하나 없는 사무실로 돌아온 남편이, 과연 테오도라가 반갑게 뛰어내려와 쇠살대 위에 붙어 있는 '동이든 서든 집만 한 곳은 없다'라는 말이 옳음을 확인시켜 줄지 어떨지 두고 보겠다며 벼르는 것까지도.

이 와중에 소피 브릴 양이 방문했다. 소피는 노턴에서 가장 바쁜 여인이라 이렇게 와주는 것만도 여간 고마운 일이 아니었다. 그녀는 다른 사람들의 대소사 돌보는 걸 자신의 천직으로 알았고, 그녀의 각별한 배려가 닿지 않는 집은 마을에서 단 한 곳도 없게 하려고 노력했다. 그러나 소피는 보통 뭔가 일이 잘못 돌아갈 때 더 적극적으로 나서는 편이라 그녀의 보닛이 문간에 나타나면 초인종 위에 '상중(喪中)'이 걸린 것보다 더 큰 재난이 있음을 짐작케 했다. 소피가 떠난 후 데이스 부인은 매우 슬퍼 보였고, 데이스 씨는 노래를 흥얼거리며 문으로 들어서는 조니를 혼냈다.

"소피 브릴 양 정말 싫어!" 테오도라는 방에 들어가 문을 걸어 잠근 채 이제 더는 소설을 쓰지 않겠다고 울면서 다짐했다.

악몽 같은 긴 한 주였다. 테오도라는 먹지도 자지도 못했다. 눈은 일찍 떠졌지만, 동생들을 돌보거나 아침 준비를 하는 대신 우편배달부를 마중 나갔다가 아침에 해야 할 일은 까맣게 잊은 채 털레털레 돌아오곤 했다. 얼마나 더 오래 애간장을 태워야 할지 알 수 없었고, 작가들은 도대체 어떻게 일주일 이상을 기다리며 살아갈 수 있는지 이해가 되지 않았다.

그러던 어느 날 오후, 언제 어떻게 그 일이 일어났는지 기억조차 없지만, 정신을 차려보니 손에 '홈서클'에서 온 봉투가 들려 있었다. 테오도라는 도무지 이해할 수 없는 단어의 향연에 눈이 부셨다.

"작가님께." (출판사에서 테오도라를 작가라 불렀다! 그리고 나서, 본론이 시작되었다.) "보내주신 소설 《에이프릴 샤워》 감사히 잘 받았습니다. 검토해본 결과 기본 조건으로 소설을 계약하기로 결정했습니다. 저희가 다음 책으로 준비하던 시리즈 담당 작가님이 몸이 아파 일정이 지연되었습니다. 그래서 대신 《에이프릴 샤워》를 한여름 출간작으로 내보낼까 합니다. 소중한 원고를 보내주신 점 다시 한 번 감사드리며, 저희가…"

테오도라는 학교 뒤 숲으로 뛰어갔다. 마른 잎들을 옆으로 쓸어낸 다음 바닥에 무릎을 꿇고서 죽은 잎들을 밀어 올리며 솟아나고 있는 새싹들에 입을 맞췄다. 봄, 봄이다! 만물이 빛을 향해 모여들고, 테오도라의 가슴속에는 수백 가지의 희망이 움트기 시작했다. 테오도라가 벅차

오르는 황홀감으로 가슴이 뜨겁고 아픈 것처럼(그래, 차라리 아팠다!) 이 작고 파릇한 새싹을 밀어 올리는 땅 표면도 아프고 벅찰지 궁금했다. 고개를 들어 얼기설기한 나뭇가지들 사이로 푸른 하늘을 올려다보았다. 달이 부드럽고 불투명하게 떠오르고 있었다. 세상이 온통 그녀에게 사랑으로 충만한 기운을 보내주는 것 같았다. 갈색 땅은 그녀의 기쁨에 맞춰 약동하고, 나무 꼭대기는 환희에 떨었으며, 나뭇가지 사이로 일찍 얼굴을 드러낸 작은 별은 '나도 알아, 얼마나 좋을까!'라고 말해주는 듯했다.

대체로 테오도라는 별일 아닌 듯 처신했다. 엄마는 울었고, 아버지는 휘파람을 불며 이제 커피에 찌꺼기가 있어도 참아야 하고 다시 따뜻한 밥을 얻어먹기만 해도 감사해야겠다고 말했다. 반면 동생들은 자기네들이 더 신이 나서 귀청이 터지도록 시끄럽게 소리를 지르며 귀찮게 굴었다.

일주일 만에 테오도라가 쓴 소설이 곧 '홈서클'에서 나온다는 소문이 노턴 전체에 퍼졌다. 일요일에 테오도라가 교회 복도를 걸어가면 친구들은 기도서를 떨어뜨리며 흥분해서 꽥꽥 비명을 질렀다. 지갑 사정이 좋은 여자애들은 테오도라와 같은 모자를 사고 싶어했고 말투를 따라하려고 애썼다. 지역 신문에서는 시를 써달라는 요청을 보내왔다. 나이 많은 학교 선생님들은 찾아와서 쑥스러운 표정으로 악수를 건네며 축하 인사를 했다. 소피 브릴 양도 왔다. 소피는 가장 좋은 모자를 쓰고 있었지만 태도는 거의 비굴할 정도였다. 그녀는 조심조심 테오도라에게 다가와 어떻게 소설을 썼는지, 영감은 그저 떠올랐는지, 혹시 유달리 길한 기운을 주는 펜은 없었는지 물어보고는 끝내 자신의 앨범에 넣어 간직할 거라면서 사인을 받아갔다.

　제임스 삼촌까지 이 신기한 소식을 듣고 보스턴에서 왔다. 삼촌은 테오도라를 '앙큼한 계집애'라 부르며, 하수도 기름을 제거하는 장치로 새로 특허 낸 회사가 있는데 책 써서 번 돈으로 거기에 투자하라고 제안했다. 삼촌은 캐슬린 키드가 해준 얘기로 미루어 짐작해볼 때 테오도라도 이번 소설로 천 달러는 문제없이 벌게 되리라 생각했다. 그러면서 다음에 쓸 로맨스는 위생을 주제로 삼아야 한다고 입에 거품을 물었다. 얘기인즉슨, 옆집 사는 젊고 잘생긴 의사가 여주인공에게 그 집 배관이 탈났으니 어서 손을 봐야 한다고 경고했는데 여주인공의 부모가 허투루 듣는 바람에 여주인공이 거의 하수 가스에 중

독돼 죽을 뻔한다는 내용이란다. 삼촌은 그 주제라면 모두가 흥미를 가질 것이고 보통의 여류 작가들이 쓰는 감상적인 쓰레기와는 차원이 다르다고 열변을 토했다.

드디어 운명의 날이 다가왔다. 테오도라는 '홈서클'의 한여름 출간 작을 주문하고, 서점이 열기도 전에 문 앞에서 기다렸다. 드디어 책을 손에 넣고는 펴보지도 않고 집까지 내달렸다. 도저히 흥분이 되어 견딜 수 없었다. 아버지가 아침 먹으라고 채근하는 소리에는 아랑곳하지 않고 위층으로 달려가 문을 걸어 잠갔다. 손이 떨려 페이지가 잘 넘어가지 않았다. 마침내… 오, 그래. 에이프릴 샤워.

손에서 책이 툭 떨어졌다. 제목 아래 붙은 저자의 이름이 뭐라고? 너무 흥분해 눈이 멀었나?

"에이프릴 샤워, 캐슬린 키드 지음."

캐슬린 키드라니! 이런 잔인한 오자를 보았나! 이런 악랄한 인쇄공이 있나! 분노와 실망으로 눈물범벅이 된 눈을 비비고 겨우 다시 표지를 보았다. 틀림없이 그 볼썽사나운 이름이었다. 페이지를 넘겨보았다. 그런데 첫 문단에 여태 한 번도 본 적 없는 글들이 쓰여 있었다. 좀 더 읽어나갔다. 이상했다. 무시무시한 진실이 테오도라의 눈앞에 튀어 올랐다! 테오도라가 쓴 소설이 아니었다!

역으로 어떻게 왔는지 테오도라는 기억이 나지 않았다. 플랫폼을 가득 채운 사람들 사이를 비척비척 걷다보니 황금색 완장을 찬 손이 노턴으로 출발하는 기차에 테오도라를 밀어 넣어주었다. 어두워서야 집에 도착하겠지만 상관없었다. 지금은 아무것도 중요하지 않았다. 자리에 털썩 주저앉아 지난 몇 시간 동안 벌어진 일을 떨치기라도 하듯 눈을 꼭 감았지만 시시각각 기억이 망령처럼 되살아났다. 마치 반항아가 벌칙으로 똑같은 동작을 지긋지긋할 정도로 반복하며 앞으로 질질 끌려가는 것 같았다.

테오도라는 보스턴 지리를 잘 몰랐지만 '홈서클' 건물을 찾기는 그리 어렵지 않았다. 적어도 테오도라는 그렇다고 생각했다. 꿈속에서 어떤 일을 믿을 수 없을 정도로 쉽게 해내듯, 아무것도 기억나지 않는데 어느 순간 편집부 계단에 도달해 있었으니까. 너무 빨리 걸었는지 심장이 미친 듯 날뛰었고, 동물 표본 넣어두는 유리 케이스 같은 곳에서 내다보는 젊은 남자에게 편집자의 이름을 말할 때는 숨이 차서 말이 제대로 나오지 않았다. 역시 비슷한 표본 케이스 같은 것들을 수도 없이 지나, 사람들이 꽉 찬 공간으로 안내되었다. 테오도라는 거대한 파도에 휩싸여 숨을 못 쉬고 헐떡이는 기분이었다.

서서히 말의 파편들이 수면으로 떠올랐다. "에이프릴 샤워? 키드 작가님의 새 시리즈? 당신 원고라고요? 저한테 편지를 받아요? 성함이 어떻게 된다고요? 유감스럽지만 분명 뭔가 오해가 있는 모양이네요. 잠시만요." 그러고는 벨이 울렸고, 누군가 금고를 열라고 명령했으며, 이름이 뭐냐고 다시 물었다. 곧 테오도라의 소중한 원고가, 줄리아 이모가 준 리본으로 곱게 묶인 채 테이블 위로 올려졌다. 테오도라는 울고 불며 질문을 던졌지만 건조하고 무성의한 사과의 말만 돌아올 뿐이었다. "불행한 사고였네요. 캐슬린 키드의 원고가 같은 날 들어오는 바람에… 어쩌면 똑같은 제목의 원고가 들어오는 우연이 있을 수 있는지… 실수로 똑같은 답변이 가버렸네요. 데이스 양의 소설은 출판사의 방향과 달라서… 물론 당연히 돌려드렸어야 했는데… 이런 유감스러운 실수를… 실수야 늘 일어나는 거지만… 당연히 이해를 …."

아프다고 비명을 질러대는 환부에 지속적인 압력을 가하는 의사의 손길처럼 듣기 싫은 소리만 계속되었다. 결국 테오도라는 밖으로 나와버렸다. 차에 치일 뻔했고 경적이 귀를 찢을 듯 울렸다. 테오도라는 다친 동물 다루 듯 원고를 품에 안고 조심스럽게 군중을 헤치고 나아갔 다. 모서리가 더럽혀지거나 줄리아 이모가 준 리본에 얼 룩이 묻게 할 수는 없었다.

기차가 철커덩거리며 멈추자 테오도라는 눈을 떴다. 이미 밖은 어두웠고 바람 부는 텅 빈 플랫폼으로 노턴 행 승객들이 내리고 있었다. 테오도라는 억지로 자리에서 일 어나 사람들을 따라 기차에서 내렸다. 여름 숲의 향기가 따뜻한 바람에 실려 왔다. 두 달 전 죽은 잎들 위로 무릎을 뚫고 막 땅 위로 솟아나는 새싹들에 키스했던 기억이 떠 올랐다. 그제야 집 생각이 났다. 아침 일찍 말 한마디 없이 집을 나왔으니 엄마가 얼마나 걱정했을지, 가슴이 덜컥 내려앉았다. 그리고 아버지는 또 얼마나 화가 났을까! 한 껏 비웃음을 당하리라 생각하니 고개가 툭 꺾였다.

그날 밤은 날씨가 흐렸다. 역 밖으로 나와 어두운 거 리로 발을 내딛는데 누군가 다가오더니 슬그머니 손을 잡았다. 너무 피곤해서 놀랄 정신도 없이 우뚝 멈춰 서자 낮고 조용한 목소리가 들렸다.

"뭘 그리 빨리 걷니. 피곤해 보이는구나."

"아빠!" 테오도라가 손을 빼내자 아버지가 다시 잡아

서 팔짱을 끼게 했다. 테오도라가 기어들어가는 목소리로 겨우 입을 뗐다. "역에 계셨어요?"

"밤공기가 좋아서 네 마중이나 하려고 나왔지."

팔짱 낀 테오도라의 팔이 떨렸다. 어두워서 아버지의 얼굴은 보이지 않았지만, 담뱃불이 눈을 대신해 다정하게 어린 소녀를 내려다보고 있었다. 테오도라가 용기를 내 더듬거리며 말했다. "있잖아요…."

"보스턴에 갔다 왔니? 그럴 것 같았어."

천천히 걷다가 아버지가 다시 말을 이었다. "네 방에 가니까 홈서클 책이 있더구나."

테오도라는 어둠과 흐린 하늘이 이렇게 고마울 수가 없었다. 작디작은 별조차 쳐다볼 용기가 나지 않았다.

"그럼 엄마도 많이 놀랐겠죠?"

"별로 그래 보이지 않던데. 종일 버사 옷 때문에 바빴거든."

테오도라는 목에 메였다. "아빠, 전…." 무슨 말이든 하고 싶었지만 잘 되지 않았다. "이제 그러지 않을게요. 그러려고…." 순간 눈물이 터져버렸다. "다 실수였대요…. 제 소설 말이에요. 출판사에서 원한 건 제 소설이 아니었어요. 그건 필요도 없대요!" 테오도라는 아버지가 곧 와하하 웃어버릴 것 같아 저도 모르게 뒷걸음질쳤다. 팔을 잡는 게 느껴졌지만, 아버지는 아무 말도 하지 않았다. 테오도라는 아버지가 속으로 고소해하고 있다고 여겼다. 한참을 말없이 걷다가 아버지가 말했다.

"처음엔 다 그렇게 좀 아픈 법이지."

"아빠!"

아버지가 걸음을 멈추자 예상치도 못했던 표정이 담뱃불 빛에 드러났다.

"나도 다 겪은 일이거든."

"네? 아빠가요?"

"내가 말 안 했던가? 아빠도 한때 소설을 썼었어. 대학을 막 졸업했을 땐데, 의사 되기가 그렇게 싫더라. 그래, 난 천재가 되고 싶었어. 그래서 소설을 썼지."

의사가 말을 멈추자 테오도라는 연민의 정을 담아 조용히 아버지를 붙잡았다. 마치 물에 빠진 사람이 미쳐 날뛰는 파도 속에서 구원의 손길을 만난 것 같은 기분이었다.

"아빠… 아, 아빠!"

"일 년 걸렸어. 일 년 내내 정말 힘들여 글을 썼지. 다 썼는데 아무 데서도 출판을 안 해주더구나. 그때 집으로 돌아오던 걸음이 생각나서 널 마중 나왔지."

옮긴이의 말

영어 관용어구 중에 'keeping up with Joneses' 라는 게 있다. 해석하면 '존스네 따라잡기' 인데 옆집 존스네에 뒤처지지 않으려고 안간힘을 쓰는 것을 이르는 말이며, 우리나라 속담의 '뱁새가 황새를 따라가면 다리가 찢어진다' 와 비슷한 의미이다. 이 어구는 1913년 〈뉴욕 글로브〉에 연재된 만화 제목으로 쓰인 지 얼마 되지 않아 영어사전에 등재되었는데, 여기에 등장하는 존스 씨가 이디스 워튼의 아버지 조지 프레더릭 존스라는 설이 있다. 이것이 사실이든 아니든, 이디스 워튼이 명문가 출신이라는 것만은 틀림없다.

그러나 미국 뉴욕 최상류층 자제인 이디스 워튼은 사교계의 관습에 따라 예의범절을 익히고 명문가 자제들을 만나기 위해 매일 밤 파티에 참석해야 하는 전형적인 여성상에 끊임없이 의문을 가진다. 보스턴 출신 사교계의 신사와 결혼했지만 결혼 생활은 순탄하지 않았다.

사랑 없이 조건만 맞춘 결혼은 이디스 워튼뿐 아니라 남편에게도 영향을 미쳤는지 부부는 비슷하게 신경중을 앓았고 갈등도 깊어졌다. 어릴 때부터 책을 읽고 글쓰기를 좋아했던 이디스 워튼은 자연스럽게 글로 내적 갈등과 지적 호기심을 다스렸지만 끝내 남편과의 불화를 극복하지 못하고 이혼한다.

이런 배경 덕분에 이디스 워튼의 작품에는 상류 사회의 부조리를 꼬집는 내용이 가장 많지만 그 외에 선택, 사랑, 사회 계급, 소외된 이들, 예의범절, 돈, 결혼과 이혼, 성 역할, 초자연, 풍자, 전쟁 등 매우 다양한 주제를 다뤘다.

이 책에 실린 네 개의 단편에도 작가의 관심사가 잘 반영되어 있다.

'징구'는 이디스 워튼의 가장 놀랍고 위트 넘치는 단편으로 꼽힌다. 어떤 비평가는 경망스러움과 부드러운 역설을 이 소설의 미덕으로 칭송했다. 자신의 작품에서 이디스 워튼의 소설을 비난했던 평생의 친구인 작가 헨리 제임스를 '징구' 에서 돌려 까기 했다는 평도 있다.

'징구' 에 등장하는 문학 모임 런치클럽은 혼자서는 어떤 문화 생활도 하지 못하고 무리지어 허세 부리기에 열을 올리는 마나님들의 안식처다. 클럽 멤버들은 자신들보다 수준이 한참 떨어진다고 여기는 로비 부인이 아무도 모르는 주제 '징구' 를 거론해 모임을 장악하는데도 차마 '징구' 가 무엇이냐는 한 마디를 하지 못한다. 로비 부인이 떠난 후 징구의 정체를 알게 된 마나님들은 로비 부인의 손아귀에 놀아났다는 데 분노하며 로비 부인을 클럽에서 제명하기로 결정한다.

이야기의 마지막에서 작가는 상류 사회의 허식을 조롱하는 듯 보이지만, 실은 더 어두운 의도가 있다. 이디스 워튼은 집단의 압력이 사람들의 개별적 특성을 형성하는데 얼마나 큰 영향을 주는지를 말하고 싶었던 것이다. 19세기 말에 여성들은 대체로 '사회적인 이중성과 잔인성, 그리고 탐욕에 가장 처참히 고통 받는 희생자' 였다.

런치클럽 멤버들은 자신들의 행동을 좌우할 능력이 스스로에게 있다고 느끼지 않았다. 그저 그들이 나고 자란 환경에 깊이 뿌리내린 도덕적 병폐를 드러내는 도구로 자처해버린다. 이디스 워튼은 '징구'의 교만한 주인공들을 대놓고 풍자하면서도, 그들에게 다른 선택의 여지가 별로 없었음을 이해하고 연민을 보낸다. 이런 점에서 로비 부인이라는 캐릭터가 더 효과적으로 돋보인다. 그녀는 자신의 지식이 부족함을 숨기려 하지 않았고, 대신 기지와 날카로운 사회적 본능을 발휘해 어려운 상황을 구한다. 이디스 워튼이 지향했던 세기말 상류 계층의 여성상을 로비 부인으로 구현한 것이 아닐까 한다.

비평가 퍼시 허친슨은 '로마의 열병'을 인상적이며, 다이아몬드처럼 예리하고 단단하다고 평했다.

우연히 로마에서 오랜만에 다시 만난 슬레이드 부인과 앤슬리 부인은 옛 추억에 잠긴다. 둘은 알고 지낸 지 오래됐지만 당시 사교계 여성들이 흔히 그랬듯 서로의 내밀한 비밀을 공유하지 못했고, 잘못된 인상으로 서로를 기억한다. 점잖게 과거를 회상하던 두 여인은 슬레이드 부인의 죽은 남편이자 앤슬리 부인이 한때 사랑했던 델핀과 관련된 진실이 드러나자 폭발하고 만다. 서로가 서로를 배신했던 과거를 경쟁적으로 털어놓음으로써 이야기는 강력하고 자극적인 톤으로 끝맺는다. 앤슬리 부인의 뜨개질로 상징되던 방어막이나 요새가 끝내 무너져 버린 것이다.

'로마의 열병'은 1930년대 초반에 쓰였다. 그 시기 유럽 전역은 정치적 문학적 변혁기였고 독일과 이탈리아에서는 파시스트 정권이 지배권을 강화할 때였다. '로마의 열병'이 겉으로는 출생의 비밀을 터트리는 두 여인의 복수전 같지만, 역사적인 맥락으로 볼 때 그 즈음 실질적인 위협이었던 파시즘에 대한 문제 제기라고 비평가들은 말한다. 즉 혼외자를 낳은 앤슬리 부인의 페미니스트적인 행동은 파시스트 정부가 허락하는 영역 밖으로 행동 반경을 넓혀 적극적으로 대항함을 의미한다.

'다른 두 사람' 역시 가벼운 톤으로 쓰였지만, 세기말의 결혼과 정체성, 그리고 성별 관계의 본성을 통찰력 있게 들여다본 작품이다.

처음에 웨이손은 아내와 결혼한 것이 기쁘기만 했고, 아내의 이혼 경력과 두 명의 전남편에 별로 신경쓰지 않는다. 세간의 평가에 연연하지 않는 아내를 오히려 높이 평가했다. 그러나 외부 상황이 점점 웨이손을 불편하게 만든다. 아내가 그동안 각각의 남편에 맞춰 스스로를 규정해왔다는 사실을 깨닫게 된다.

첫 번째 남편 해스켓이 생각과는 달리 전혀 과격하지 않자 웨이손은, 점차 그들의 이혼에 원인을 제공한 사람이 아내라고 생각하게 된다. 아내를 "낡은 신발처럼 쉽다"고 표현하는 것은 여성 혐오적인 톤을 동반한다. 웨이손은 그가 알기 전의 아내에게 삶이 있었다는 사실 자체가 불편해진 것이다.

그러나 웨이손은 전남편들이 그의 결혼 생활에 어떤 위협도 가하지 않음을 알게 되면서 다시 안정을 찾는다. 동시에 앨리스가 두 남편 덕분에 많은 것을 배우게 되어 그걸 세 번째 결혼 생활에 반영하고 있음을 깨닫는다. 웨이손의 적응력도 아내와 비슷하게 진화하고 성장한다.

'다른 두 사람'에서 앨리스는 진화라는 테마의 상징이다. 비평가 애비 윌록은 앨리스 웨이손이 각각의 남편에게 다른 방식으로 적응하는 것은 성적 패턴과 진화 생존에 관한 다윈의 개념을 잘 보여주는 예라고 설명한다. 궁극적으로 앨리스의 적응력은 그녀에게 여러 모로 혜택을 준다. 앨리스는 살아남기만 한 것이 아니라 자신과 딸을 위해 그녀가 할 수 있는 최상의 가정을 만들어낸다. 그런 면에서 앨리스는 자신이 원하는 삶을 선택하고, 사회적으로 수용 가능한 성 역할 내에서 원하지 않는 것을 버릴 줄 아는 주체적인 여성 캐릭터이다.

'에이프릴 샤워'는 작가의 초기작으로 다른 작품보다 더 가벼운 느낌이다. 그러나 작가가 앞으로 어떤 작품을 쓸지 표준이 될 만한 이슈, 즉 신랄한 유머 감각, 사회 비평, 남성 중심의 사회에서 힘없는 여성의 역할 같은 것들을 포함하고 있어 의미가 적지 않다.

이 이야기에서 작가는 출판계와 젊은 작가의 기쁨과 실패에 초점을 맞췄다. 가족과 집안일을 도와야 하는 상황에서도 테오도라는 작가가 되겠다는 꿈을 잃지 않고 도전한다. 자신의 작품이 채택된 줄 알았지만, 결국 기성 작가의 작품과 제목이 같은 바람에 생긴 오해였을 뿐 자신의 작품은 그 정도가 되지 못한다는 피드백을 받는다.

단순해 보이지만 집과 학교밖에 모르는 어린 소녀가 사건의 진상을 파악하기 위해 잘 알지도 못하는 대도시로 찾아가는 장면에서, 앞으로 테오도라는 아무리 힘들어도 어떻게든 자신의 길을 가리라는 의지를 엿볼 수 있다. 깊은 절망에서 테오도라를 건져올린 사람은 가족, 특히 권위적이고 자기 중심적이라고 여겼던 아버지이다. 서로를 믿고 의지하는 가족의 힘, 그것이 작가가 주고자 하는 메시지이다.

이디스 워튼은 최초의 여성 퓰리처상 수상자라는 지명도와 오십 편 이상의 방대한 작품 수에 비해 국내에는 상대적으로 덜 알려진 편이다. 지금까지 예닐곱 편의 장편과 유령을 테마로 한 단편집이 번역 출간되었다. 이 책에 실은 네 개의 짧은 단편과 거친 번역으로 이디스 워튼이라는 거장을 소개하는 게 몹시 송구하지만, 그동안 몰라봤던 대작가에게 독자들이 다시 관심을 가지는 계기가 될 수 있다면 더 바랄 것이 없겠다.

얼리퍼플오키드 시리즈는 관습을 따르지 않고 스스로 운명을 개척한 여성 작가들이 여성의 시선으로 삶의 단면을 통찰해 쓴 초기 단편 소설 모음집이다. 사장되다시피 한 보석들을 고르는 작업이 만만치 않지만, 그 과정에서 지금 우리가 누리는 혜택이 그저 주어진 것이 아니라 오랜 세월 기존 질서에 도전해온 선배들의 덕택임을 느끼게 되어 참 감사하고, 앞으로 펴낼 세 번째 책 작업도 기대된다.

2019년 6월
이리나

작가에 대하여

생애

이디스 워튼(Edith Wharton, 1862-1937)은 1862년 뉴욕에서 태어났다. 결혼 전 이름은 이디스 뉴볼드 존스였다. 존스 가문은 상업 귀족에 속하는 명문가로 아버지는 은행가였으며 어머니는 상류 사회의 관습을 숭배하는 인물이었다. 이디스 워튼은 학교에 다니는 대신 가정 교사에게 가르침을 받았으며 어릴 때부터 책 읽기를 좋아해 아버지의 서재에서 다방면의 서적을 탐독했다. 어머니는 딸이 사교계에는 관심이 없고 책만 읽는 것이 못마땅해

틈만 나면 당시 명문가의 젊은 여성들이 지녀야 할 관습을 가르쳤다.

1866년 아버지의 요양을 위해 유럽으로 가 1872년까지 스페인, 이탈리아, 프랑스, 독일 등 유럽 각지에서 유년 시절을 보냈다. 아버지가 세상을 떠난 후 뉴욕으로 돌아와 1885년에 23세의 나이로 열세 살 연상의 보스턴 출신 은행가 에드워드 로빈스 워튼과 결혼했다.

비슷한 신분과 여행이라는 공통의 취미에도 불구하고 결혼 생활은 평탄하지 않았다. 불행한 결혼 생활, 사회적 지위와 작가적 야망 사이의 갈등으로 신경쇠약과 우울증에 시달린다. 의사는 신경증 치료의 방편으로 평소 글쓰기에 재능을 보인 이디스 워튼에게 글을 써보라고 권했고, 그때부터 주로 상류 사회 여성들을 소재로 한 소설을 본격적으로 쓰기 시작한다. 신경쇠약을 치료할 겸 유럽으로 여행을 떠나 여러 나라를 옮겨 다니며 생활했으며, 소설과 유럽 여러 지역의 역사, 건축, 미술에 대한 글을 썼다.

1913년에 남편과 이혼한 후로는 줄곧 유럽에 거주했다. 그러다 프랑스에 정착했고 퓰리처상을 받기 위해 단 한 번 귀국한 것을 제외하고는 다시 미국으로 돌아오지 않았다.

제1차 세계대전 동안에는 피난민들을 위한 숙소를 설립하고 기금 모금에 앞장섰으며, 전장의 통신원으로 활약하는 등 프랑스에서 전쟁 구호 활동을 적극적으로 펼쳤다. 이 공로로 레지옹 도뇌르 훈장을 받았다.

퓰리처상 수상 후에는 유럽 전역을 돌며 신인 작가들을 격려했다. 헨리 제임스, 싱클레어 루이스, 장 콕토, 앙드레 지드 등 유명한 문인들과 교류했으며, 시어도어 루스벨트와 친분을 쌓기도 했다.

1937년 뇌졸중으로 쓰러져 75세의 일기로 파리에서 생애를 마감한 후 베르사유의 고나르 묘지에 묻혔다.

작품 활동

아버지의 서재를 폭넓게 활용했던 이디스 워튼은 열 살이 되기도 전에 이미 글을 쓰기 시작했고, 열여섯 살에는 시집을 펴냈다.

1877년에 첫 중편 소설 〈제멋대로(Fast and Loose)〉를 완성하고, 1891년에 단편 소설 〈맨스테이 부인의 관점(Mrs. Manstey's View)〉을 발표했다.

건축가 오그던 코드먼(Ogden Codman)과 《집 꾸미기 (The Decoration of Houses)》(1897)를 공동 집필했다. 《심 판의 계곡(The Valley of Decision)》(1902)과 《성역(The Sanctuary)》(1903)을 발표했다.

1905년에 발표한 《기쁨의 집(The House of Mirth)》으로 베스트셀러 작가의 반열에 올랐다. 1907년에는 《나무의 열매(The Fruit of the Tree)》를, 1911년에 《이선 프롬 (Ethan Frome)》을, 1912년에 《암초(The Reef)》를 발표했으며, 1913년 《그 지방의 관습(The Custom of the Country)》으로 비평가들의 인정을 받았다.

1917년 《버너 자매(The Bunner Sisters)》를 발표했고 워튼의 또 다른 여성 문학 걸작으로 평가되는 《여름 (Summer)》을 발표했다. 1920년 《순수의 시대》를 발표해 여성 최초로 퓰리처상을 수상했다. 1923년 예일대학교에서 명예 박사 학위를 받았으며 1930년 미국예술원 회원으로 추대되었다.

1934년 자서전 《뒤돌아보며(A Backward Glance)》를 발표했다.

이디스 워튼은 40년 동안 장편 소설 22편, 단편 소설집 11편, 여행기와 전기를 포함한 논픽션 9편 등 수많은 작품을 발표했다.

작품 세계

여성에게 참정권조차 없던 20세기 초반까지만 해도 미국에서는 빅토리아 시대의 여성관이 팽배해 있었다. 즉 여성의 기능은 자신의 권리에 따라 판단하고 행동하는 데 있지 않고 남자를 즐겁게 해주고 봉사하는 데 주로 작용했다. 이디스 워튼은 이러한 여성의 억압적 상황을 유머와 깊이 있는 통찰, 그리고 세련된 문체로 밀도 있게 묘사했다.

또한 외국에서 오래 생활한 사람만이 가질 수 있는 객관적이고 깊이 있는 시선으로 미국 사회와 그 안의 여러 계층, 신·구세대의 차이를 관찰했고 이를 다양한 작품에 담아냈다.

어린 시절 큰 병을 앓으며 사선을 오간 경험 때문에 오랫동안 죽음의 공포를 느꼈다. 에드워드 워튼과의 결혼 이후 신경증과 우울증의 악화 속에서 불가사의하고 초자연적인 체험을 했다. 그래서 현실과 환각 사이를 넘나들며 겪은 현상을 단편 소설로 엮기도 했다.

이디스 워튼은 한동안 사회 변화에 무관심한 작가로, 헨리 제임스의 아류에 불과하다고 평가받아 왔다. 이디스 워튼 자신도 그걸 알았는지 평생 친구이자 라이벌이기도 했던 헨리 제임스에게 양가적인 감정을 가졌던 듯하다. 심지어 비평가들의 어떤 판단에도 상처받은 적이 없지만 자신이 헨리 제임스를 따라한다는 줄기찬 비난 앞에서는 무너질 수밖에 없었다고 회고했다.

1960년대 이후에 이르러 이디스 워튼은 물질주의에 함몰된 인간을 그린 자연주의적 사회비평가이자 가부장 사회에서 희생당한 여성을 그려낸 여권주의자라는 다양한 평가를 받았다. 비평가인 엘리자베스 아몬스가 워튼의 작품을 가리켜 "여성 문제에 관한 사회적 · 경제적 · 심리적 · 인류학적인 관심이 융합된 복합적인 비판"을 가했다고 평했듯, 워튼은 상업화 과정 중에 있는 가부장 사회에서 부침하는 여성의 운명을 부각시키며 사회 변화 속에서 삶의 핵심 문제를 통찰하고 있는 작가였다.